时文精粹

Shiwen Jingcui

（励志卷）

因为热爱，所以奔跑

陈晓辉　一路开花◎主编

煤炭工业出版社

·北　京·

图书在版编目（CIP）数据

因为热爱，所以奔跑／陈晓辉，一路开花主编．--北京：煤炭工业出版社，2015（2023.1 重印）

（时文精粹）

ISBN 978-7-5020-4957-7

Ⅰ.①因… Ⅱ.①陈… ②一… Ⅲ.①散文集—中国—当代 Ⅳ.①I267

中国版本图书馆 CIP 数据核字（2015）第 206843 号

因为热爱，所以奔跑

主　　编　陈晓辉　一路开花
责任编辑　刘少辉
责任校对　郭浩亮
封面设计　宋双成

出版发行　煤炭工业出版社（北京市朝阳区芍药居 35 号　100029）
电　　话　010-84657898（总编室）
　　　　　　010-64018321（发行部）　010-84657880（读者服务部）
电子信箱　cciph612@126.com
网　　址　www.cciph.com.cn
印　　刷　北京飞达印刷有限责任公司
经　　销　全国新华书店

开　　本　710mm×1000mm 1/16　**印张**　14　**字数**　180 千字
版　　次　2015 年 10 月第 1 版　2023 年 1 月第 7 次印刷
社内编号　7803　　**定价**　46.00 元

照向心灵的一束光

雪 炘

我特意翻了一下日记,2013 年 12 月 19 日。

我是时间概念很差的人,但这个时间我必须记得。因为那天是我第一次见到她,虽然只是微笑着彼此路过,但我断定我们会成为好朋友。

一周后,我们果然在医院再次相遇。那时候她被诊断为脊椎内肿瘤,要住院手术,开始无止境的治疗。家人怕她在医院状态不好,就在医院旁边的小区里买了一套小公寓,让她不要有太大的心理落差。

是,她的家庭条件很优越,自身也才貌双全。虽然学的是时装设计,但钢琴弹得一级棒,手绘作品也是跟大公司长期签约合作的,舞蹈天赋也让人赞叹不已。她是童话故事里走出来的公主,却像散落在人间的邻家姑娘,温和、善良,笑容如花绽放。

她说,你一个人来看病啊?走,我带你回家。

我跟她玩了几天,就匆匆回家,因为我还是没有力量去接受手术。

第二次去北京是春节后,她刚做完手术。她的精神状态显然要比之前差,像一盆向日葵忘记了浇灌似的。

我说，你那么勇敢，一定会好起来的。

她躺在床上笑了笑，问，你这次还急着回家吗？

我说，我也想治疗，可是找不到理由，没有一种力量让我觉得它是有意义的。

那次在北京待了半个月，每天跟她一起听她男朋友为她录的有声连载故事，从早笑到晚，从月起笑到月落。

男孩很沉默，每次见到我，连微笑都是奢侈。我真的想不到，这样的人能把书里的每个人物都演绎得那么生动逼真。从痞子到绅士，从中国腔到老外蹩脚的中文，从独说到众吼，每个细节都处理得恰到好处。包括配乐，情景特效，简直无可挑剔。

我俩笑到双腿发颤。

我说，你把这些音频发在网上，他肯定一夜爆红。

她说，我也觉得，可是他不让。

我说，为什么呀？

她说，我不知道。

我心想，真是个很机车的奇葩男。

从那时起，我便知道她的勇气是从哪儿来的了。如果我有一个那样的男朋友，或许我也会义无反顾吧。只是我想，要遇到这样的奇葩男，应该要到下辈子了。

可是，这个世界很奇妙。

再次去北京是2014年12月，我决定手术。

她已经高位截瘫，准备第三次手术。她坐在轮椅里，紧握着我的双手，不断地问，亲爱的，你遇到奇葩男了，对不对？

我用力点头。

没一会儿，她就昏睡了过去。医生说，这是因为太过疼痛，所以晕厥了过去。可是她自始至终没说一个“痛”字，连痛的表情都没有。

我在病房外安静地痛哭。

我进手术室前给她发信息，因为我怕自己会哭。她说，亲爱的，放心吧，爱是最好的天使，它会守护你的。

手术很顺利，三个月后我回京复查，她介绍一位姐姐给我认识。那位姐姐高位截瘫后，拜访过史铁生先生两次，说他是个特别好的人。听完她的困惑，史铁生先生说，你现在还年轻，不知道什么是绝望，但是随着年龄的增长，你就会明白。所以你要保持阅读，坚持写作，将来才有可能对付绝望。

绝望是什么？每个人都会有，还是只有被病痛围绕的人才有？我不知道。我只知道，人只有在内心平静、生活安稳的时候，才能接收到外界信息。就像只有那个人，才能给你坦然面对一切的勇气。

2015 年 5 月 4 日，她带着微笑离开了这个世界。她男朋友，不，应该说她丈夫——在她的葬礼上说——她还在的时候，我就不想把时间用在其他地方。因为我知道，我们缺的不是钱，也不是被多少人认可和喜欢，我们缺的是时间；时间用完了，就什么都没有了……

他早已泣不成声。

时间不会为任何人停留，哪怕半秒，哪怕你哭喊着说，等等我，等我擦干眼泪，等我鼓起勇气，等我说服自己，等我看清楚未来的路，等我不再担心彷徨。

我渐渐理解了史铁生先生说的那句话。其实阅读是不能救赎痛苦的，因为在痛苦的时候，一切都没有用，一切都只会加剧疼痛。阅读是平时坚持给心灵积累力量，才能在痛苦来临的时候找到闪着光的方向。

如果痛苦没有摧毁你，那它日后一定会成就你，成为只有你才有的美丽花纹。

我们是无法战胜痛苦和绝望的，就像无法战胜死亡一样，我们能做的只是不被它压倒。而阅读，就是在绝望中照向心灵的一束光，它让你看到光明，寻到希望，让你绝地逢生，柳暗花明。

2015 年 5 月 12 日

书于陕西杨凌

雪炘，先天性脑瘫患者。拒绝《感动中国》栏目组邀请，拒绝接受残疾补助。热爱生活，尊重平凡。其文章常见于《青年文摘》《思维与智慧》《疯狂阅读》《做人与处世》《课堂内外》《知识窗》等杂志，并入选多部图书。获全国性文学奖数次。

目　录

第一辑　淬炼过的金子才发光

时常思考的问题是，从前孱弱不堪的自己，终于在时光的磨炼中变得强大起来。社会本就是残酷的，只有经历摔打的人，才能有更强的抗击力。正所谓物竞天择，适者生存！

第二辑　心灵的皱纹不必抚平

在追逐梦想的道路上，你身上肩负的东西越多，越不能走得长远，适时卸下身上的包袱，让你自己轻松上路。调整自己，释放压力。

第三辑　我们有多诚实

这世间一切的丑恶，唯有爱可以化解。因为每个人都是上帝的孩子，人性本善，谁都不是一下子变成邪恶的魔鬼的。

第四辑　此心安处是吾乡

故乡的一切都映在我的脑海里，那停滞的云，流动的风，故乡的一草一木，都是我永恒的记忆。总是在梦里看到自己走在归乡路上，你站在夕阳下面，容颜娇艳。

第五辑　积淀,成就人生的高度

拥有的东西，总有一天会什么都不留地还回去。何必那么苦恼呢？不如把握当下，珍惜每一天琐碎的日子，珍惜每一天温热的阳光。

第六辑　让春天听见我的心跳

这世间最伟大的力量莫过于团结的力量。许多个体聚集在一起，为了同一个

目的一起出力,往往会有事半功倍的效果。我们是不是应该从这些生灵身上学些什么?

第七辑　出发,是最好的开始

我们一直在路上,不断停留,不断起程。只是为了获得机会,为了继续更好地活着。出发吧,你的未来始终在路上。

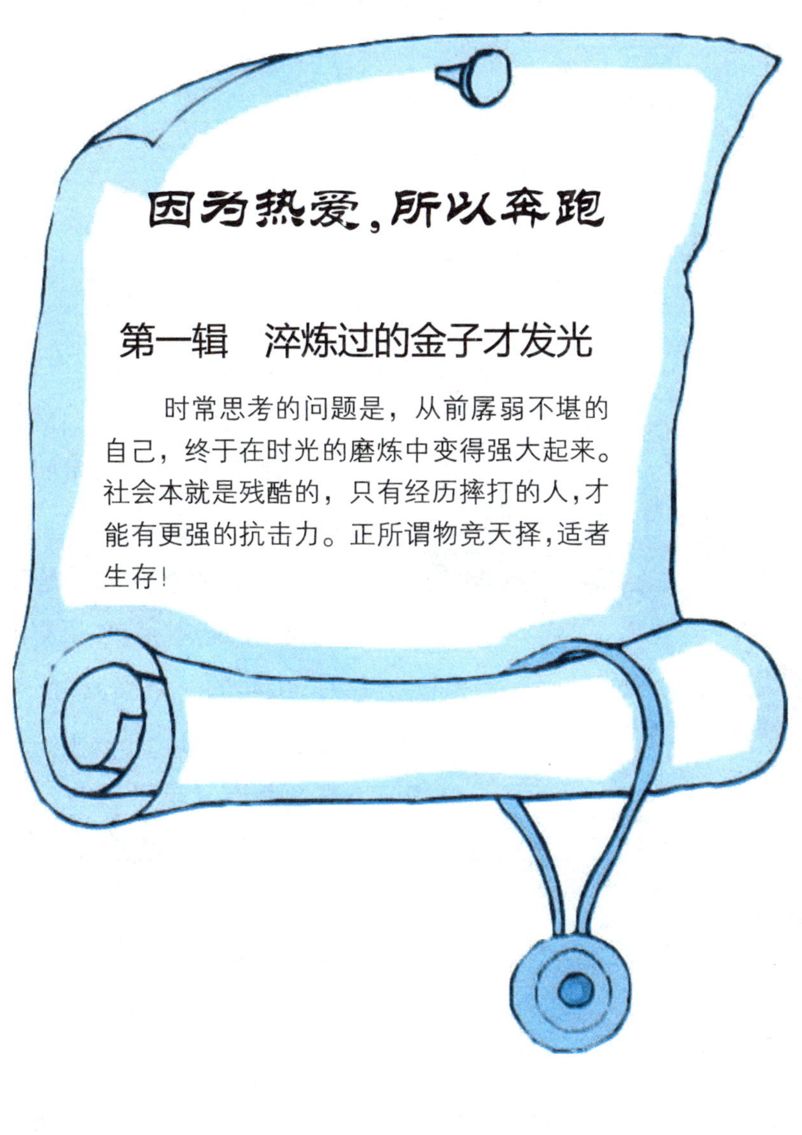

因为热爱，所以奔跑

第一辑　淬炼过的金子才发光

时常思考的问题是，从前孱弱不堪的自己，终于在时光的磨炼中变得强大起来。社会本就是残酷的，只有经历摔打的人，才能有更强的抗击力。正所谓物竞天择，适者生存！

风景与故事

戎装云

宠辱不惊，看庭前花开花落；去留无意，望天空云卷云舒。

——洪应明

天地之间原本只有自然，人类出现后才有了世间。自然进入观赏者的眼中成为风景，世间经人类的演绎有了故事。

带有诗意的风景是装点心灵后花园的基本元素。天空的一轮明月，山间的一条溪流，枝头的一声鸟啼，路边的一棵绿树、一块顽石，甚至是石缝里挺出的一株毫不起眼的野草花，都可以是一道美丽的风景，徜徉其中让人忘记忧愁，让人欢喜。

带着热度的故事是行走人间留下或正在留下的串串印痕。一颦一笑间隐藏着曼妙的故事，灯光舞台上闪动着精彩的故事，金戈战场上腾挪着壮阔的故事，大哭大闹中更承载着或惊心或滑稽的故事……置身其中，扑面而

来的是浓浓的生活气息。

风景从来都不只属于诗人，尽管诗人眼中的风景最富有诗意；故事也从来不仅属于小说家，尽管小说家笔下的故事集中着生活的热度。

诗意的尽头没有诗意，呼啸而来的列车和冰冷刺骨的铁轨对于海子而言已经不再是面向大海春暖花开的风景；热度的尽头没有热度，凡事太尽缘分势必早尽，电影《风云》中雄霸披头散发的狼狈意味着一个曾经费尽心机登上巅峰的人物之人生故事的凄冷谢幕。

看山宜在山外，智者的目光移出生活的小圈子，故事本身也是风景；乐山宜在山内，隐者的身影融进自然风景，风景之中也有故事。不必把名和利的分量掂得过重，也不必以梅为妻，以鹤为子，其实，智者和隐者两种身份可以适时地合二为一。美学大师朱光潜有一句经典的话："人要有出世的精神才能做入世的事业"，当今社会奉行"下班关手机，周末必出游"的"绿客一族"当接近此境界。

失意时，不妨把风景引入故事，盘腿坐在丛生的荆棘旁边静心休憩，抑或站在绊脚石上放声歌唱，如此则荆棘可爱石头亲切，个中自有一番做人的坦然和傲气；得意时，不妨把故事引向风景，把酒东篱下，盈袖的淡淡暗香里自有一种处世的超然和雅趣。

我看故事多风景，料故事看我应如是。赏着风景，演着故事，无怨无悔，不忧不惧。

把生活中的每一个片段都看成风景，把琐碎的日子过成诗。不妄取，不妄予，不妄想，不妄求，与人方便，随遇而安。

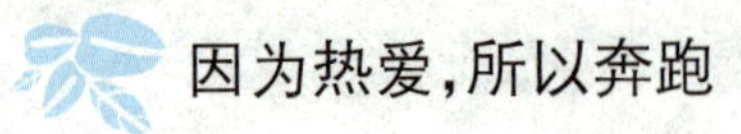

人生最美是遇见

月下清荷

人生若只如初见，何事秋风悲画扇。

——纳兰性德

光阴短，梦难圆，多少城市遥望中。

扬州于我，便是烟花暖雨沾湿笑靥，红袖高歌丝竹缭绕的漫漫浮想；更是我诗意的想象里一位袅娜娉婷、含羞带俏的佳人，妩媚地在墙上精美的挂历里，与我遥遥相望的彼岸。也曾多少次，在“故人西辞黄鹤楼，烟花三月下扬州”的诗句里，任由想象蓬勃而出，游扬州一梦生长得枝繁叶茂。泛舟在碧波荡漾的纤纤细水里；漫步在枝叶低垂的杨柳依依下；树下驻足，与嫣然的玉树琼花相视一笑；抑或是，以纱灯笼罩的绿瓦飞檐为背景，定格住美丽的容颜和倩影。漫漫遐想中，老了容颜，旧了流年。

终于，在风起的清晨，梦想和现实一同起程。像是赴一场期许已久的初次约会，心是忐忑的怦然。

随着导游的一路讲解，梦里扬州的前世今生渐有所知。扬州，自古以来就是历史文化名城，有深厚的文化积淀，素有“竹西佳处，淮左名都”之称，是文人墨客争相聚集、流连之地。张若虚、李白、姜夔、郑板桥等名人，被扬州的美景深深吸引，皆在此留下了千古流芳的诗词佳句，而晚唐风流才子杜牧与扬州更是情深深雨蒙蒙，写下了凄婉绝美的诗篇。当年隋炀帝为了观赏玉树琼花，开凿了大运河，直抵扬州，扬州的繁华盛景得以随着琼花的美名一起名扬开来，也因此，才有了乾隆几度下江南必游扬州的传奇佳话。

当车子缓缓行驶在扬州街头，扬州宛如一位撩起神秘轻纱的女子，面容渐渐清晰了起来。静，净，是扬州留给我们最深刻的印象。街道不宽，路面洁净，琼花垂柳参差有致，摇曳生姿在马路两边，偶见芍药夹杂其间，不喧闹，不争艳，恬淡安然地守着属于自己的宁静和从容。听导游说，为了保护扬州的生态环境，扬州的城市建设是限高的。难怪一路上看不到特别高耸的建筑，没有了现代都市感觉的扬州更添了分深闺秀女般的温润和柔美，令人心生欢喜，情不自禁地走近它，爱上它。

最先抵达参观的，是扬州八怪纪念馆。因为作画时敢于打破传统的绘画规则，性格上孤傲清高，行为中叛逆狂傲，扬州人怪因此得名。不得不说，扬州八怪的传奇和才情给这座文化积淀深厚的古城涂上浓重的一笔。陈列的多半是“扬州八怪”所用的物品，凝神泛黄的墨迹，犹能感受到他们当年愤懑权贵却又无奈屈服的心性。

心之所往，是对瘦西湖的念念不忘。一行人匆忙结束扬州八怪纪念馆的走马观花，蒙蒙雨雾中，古朴、典雅的“瘦西湖”大门映入眼帘。傍青翠欲滴的竹林，随长堤依依春柳，过小桥绕前川，不消须臾，风姿绰约的瘦西湖展现在眼前。

顾名思义，瘦西湖以瘦有别于诸湖，盈盈一湖幽曲窈窕，河道清瘦狭长，清婉秀丽的风姿灵动秀美。清朝钱塘诗人汪沆有诗云：“垂柳不断接残芜，雁齿虹桥俨画图。也是销金一锅子，故应唤作瘦西湖。”瘦西湖名字由此而来，也就很少有人记得它的原名叫作保杨湖。

烟花三月是折不断的柳，梦里江南是喝不完的酒，等到那孤帆远影碧空尽，才知道思念总比那西湖瘦……歌里一遍遍深情吟唱的不正是眼前这纤细迷离的瘦西湖吗？仿若女子腰间飘拂的玉带，一泓曲水如梦似幻，婀娜曲曼地延向远方。倘若杭州西湖是位丰腴的贤淑女子，那么修长的瘦西湖更像是婀娜清秀的俏女郎，别有风韵立春秋。“念泗桥上明月稠，水到扬州相思瘦。”舟行水上，回环有致，虽不见波光潋滟晴方好，却也移步换景美景不断，俨然一幅幅缓缓铺展开来的水墨画卷。那一池的湖水，在烟雨蒙蒙的笼罩中，在习习微风的轻抚下，漾起浅浅的涟漪。静泊的画舫雕栏玉砌，有着古色古香的精美。婉谢了船娘相邀的美意，与友相伴左右，最爱湖边行不足，轻快的脚步亦趋亦停。兴之所至，画舫前，石凳上，曲桥边，用镜头定格优美的景致和曼妙的身姿。

说来惭愧，有很长一段时间，没弄明白二十四桥究竟是一座桥还是二十四座桥，可这丝毫不妨碍我对它的殷殷向往。当看到那承载着凄美传说的二十四桥横卧在眼前时，我按捺不住心头的喜悦，迫不及待地奔过去。奈何二十四桥近在咫尺，却被告知不能步上桥头，一湖碧水冷冷地隔我在水一方，心底是幽幽的怅然。想那千年以前，风流才子杜牧离开了失意的官场，带着酒气和才气，在二十四桥明月夜的见证下，把梦锁进青楼女子的妆匣里，从此山迢迢水隐隐，以诗寄情，浸在扬州的爱与哀愁里，或是“春风十里扬州路，卷上珠帘总不如”的情意绵绵，或是“二十四桥明月夜，玉人何处教吹箫”的怅然若失，抑或是“十年一觉扬州梦，赢得青楼薄幸名”的幡然醒悟。回想年少的我，初读杜牧这句经典的“二十四桥明月夜，玉人何处教吹箫”时，汩汩流淌的想象里是诗意随性的误读：明月夜，桥身处，一位古典仕女朱唇微启，纤指轻挪，如怨如诉的箫声随风漂流，随波飘荡，诉与谁人听？知她怜她懂她爱她的那人在何方？爱着，却不能随心靠近，世上最痛苦的事莫过于此吧。旧时明月照，胜景依旧在，不是当年人。匆匆过客的我此行怕是无缘见到明月夜下二十四桥的胜景了，不是没有遗憾的。

人在旅途，有遗憾或许才是真实的人生。离开时，心有挂念憾惜，方见得此地的魅力，一如我魂牵梦绕的扬州城。烟雨蒙蒙下扬州，未见琼花绽奇葩；匆匆行程紧，错过古运河……待到来年烟花三月，邀约清风明月做伴，重下扬州。烟雨蒙蒙中赤脚走在青石板上，拍遍朱楼的栏杆，到个园的桂花香径去熏香，踏上冷月无声的二十四桥听取无边的箫声，乘一叶小舟，雨伞折起，一任霏霏细雨洗尽满身的浮华……

人生最美是遇见，错过的人、错失的景，多年以后，是贴在泛黄记忆里的一处缺了角的美丽。

人生，总有那么一些遗憾，因为无能为力，所以学会释怀；活着，总有那么一些起起落落，因为无法改变，所以学会随缘。就让我们且行且珍惜！

现在拥有的

程骏驰

知足天地宽，贪婪宇宙隘。

——曾国藩

大师带着小徒弟下山化缘，来到一户老农家。老农病重，大师急忙为他诊病，病因是急火攻心，便问老农为何这般着急。老农叹了口气，对大师说：“这两年我的庄稼全无收成，不是因为天灾，而是人祸。”“哦，说来听听。”大师对老农说。

去年小麦丰收，看着阳光充足没有雨水，我便想再拖几天收割，让它再长一长。可不想，就在我准备收割的头一天，强盗下了山，一夜之间把我的粮食全部割完，这一年，我颗粒无收，只能四处借米，靠乡亲邻里接济度日，我就后悔，为啥当初我不早点收割呢？

前些日子，县衙剿灭了山贼，集中发放山贼这些年下山抢的粮食，折算下来我应该得十二担，可县衙只给我五担，说没有那么多，我一气，就不领，可后来一想，县衙剿贼也不易，况且，贼人这一年也有消耗，给五担就五担吧，可我再去领的时候，县衙连一粒米也没有了，都被领光了，我就

后悔，为啥当时我赌气不领呢？

大师听后，开了药方坐在老农身边与他交谈，他突然间问老农："施主，你认为什么是最珍贵的？""当然是失去的和未得到的！正如我的收成一样，有了它们这一年我就可以活命了。"老农越说越悲伤，不一会儿咽了气……

大师默默地带着小徒弟回寺庙，突然略有所思地问小徒弟："刚才这番情景，徒儿认为什么是最珍贵的？"小徒弟立即对大师说："现在拥有的。如果他能保重自己的身体，地可以再种，那还愁吃穿吗？"

大师听后，豁然一笑。

所谓成功的人，就是能把握当下，展望未来，他们可能失败过很多次，但是他们从来不把重点放在过去的悔恨或者回忆里。他们能看清楚事情的真相，聚焦在正确的事情上，看到这件事情的真实含义。

阳光不言

薄　陨

判断一个人当然不是看他的声明，而是看他的行动，不是看他自称如何如何，而是看他做些什么和实际上是怎样一个人。

——恩格斯

悟远和悟静是寺院里两个有志向的小和尚，参佛悟道很有灵气。悟远性格张扬，喜欢向别人表述他参佛的体会，展示自己知识的渊博，而悟静则言语不多。渐渐地，悟远崭露头角，成为寺庙众僧都看好的、将来定会有所作为的高僧。

大师云游归来，住持向大师报告近年来寺庙情况。大师问是否有可造之材，住持向大师重点介绍了悟远和悟静二人，大师问二人谁更优秀，住持毫不犹豫地回答："悟远更好。"

大师悄悄观察二人言行多日，的确发现悟远平时纵论佛学，非常有见解，而悟静则很平静，不善于表达自己的观点。

这一天，大师准备挑选一人远道取经，众僧普遍认为悟远为第一人选，将来必成高僧。但令人意外的是，大师却选择了平时不善言谈的悟静。众僧问大师为何选悟静，大师说："阳光不言。"众僧十分不解，请大师解惑。

大师顿了顿，对大家说："阳光从不言，但它一出现，人们就知道天亮，阴雨后它一出现，人们便知晴天已来。冬日窗前，阳光悄悄地用温暖驱走寒冷，春天大地，阳光轻轻地把禾苗唤醒成长，它的力量为众人所知，但他从不言语，只是默默无闻。悟静像阳光，静静参佛，解救众生，前日多个对生活失去信心的人来到这里，经悟静开导重获人生自信，你们也不知道悟静每日早起半个时辰，下山到浮桥那里帮小贩们推车过河……参佛的最高境界不是高论，而是落到脚下变成行动，并不见得让人知晓，正如阳光无言。"

众僧顿悟。

大爱无言，大音稀声。只有实实在在的行动，自己的价值才能体现出来，否则，一切都将是空谈。

陈旧的美丽

君　燕

因寒冷而打战的人，最能体会到阳光的温暖。经历了人生烦恼的人，最懂得生命的可贵。

——惠特曼

一直觉得只有崭新的东西才最美。春天树杈间的那一抹新绿，爱美小女孩身上崭新的连衣裙，雨后清晨清新的空气……是的，这些新鲜的东西似乎都有一个另外的名字，那就是美丽。没有人能阻挡新鲜带来的生机和活力，就像没有人能拒绝它带来的愉悦的视觉和精神享受。崭新的事物就像一张铺展开来的画布，洁白、干净，充满了未知和希望；又如头顶那一抹高远的湛蓝，清新、透亮，让人产生无限遐想和渴望。最让人动心的应该数正值花样年华的少女，巧笑倩兮、美目盼兮，如水的肌肤吹弹可破，清新美丽得仿佛不染一丝岁月风尘。

那次和朋友们去旅行，在一座寺庙里，我看到了一口古旧的大钟。这口大钟不知道经历了多少次风雨的侵蚀，底部

的花纹变得暗淡模糊，表面还隐隐生出一层绿色的铜锈，似乎在昭示它的年迈和苍老。我的心情突然变得庄严肃穆，也就是在那一刻，我突然爱上了这口大钟，爱上了它的沧桑和内涵。低沉、悠扬的钟声缓缓响起，仿佛穿越了千年的时光，带着远古的气息扑面而来。我知道，这应该是岁月赋予它的独特的魅力，这是任何一口新制的钟永远都达不到的效果。

原来，有些事物，只有经历了岁月的流逝和打磨，才会焕发出其独特的美好。这是一种与崭新的事物截然不同的美，它沾染了流光的印记，经历了岁月的风尘，因而变得厚重而内敛，这是其他崭新事物永远无法比拟的美。

还有一次，朋友乔迁新居，我们去她家里做客。崭新的家具配着刚装修好的房子，一切看起来都赏心悦目。然而，朋友手里捧着的那个陈旧的茶壶却吸引了我们的目光。“这是爷爷当年留给我的。”看到我们注视的目光，朋友笑着解释，她用手轻轻地摩挲着茶壶，目光里满是爱恋和不舍。在朋友的讲述中，我们知道了这个茶壶对于她的意义，那是一个老人对子女的牵挂，对晚辈的爱惜，也是她缅怀爷爷的一种方式。“茶壶上每一条陶瓷的纹络，都有爷爷当年抚摸的痕迹，我甚至能感觉到爷爷当年的体温和味道。”朋友凝视着茶壶，动容地说道。是呀，这把陈旧的茶壶因印上了亲人的痕迹而变得与众不同，朋友用着的时候，不仅得心应手，更能体会到一种特殊的情感。这不得不说是一件极为美妙的事情。

当一件事物被赋予特殊的情感时，它便不再是一件简简单单的事物，它更成了一种寄托，成了全世界独一无二的东西。想必用再多的东西也换不来这件斑斑迹迹的旧物，正是这一点点痕迹才让这件旧物有了它存在的价值和意义。

见到这个年过半百的女子时，我一时竟不知该用什么词语来形容。一直认为美丽属于年轻的女子，从来没有想过年过半百的女子竟也可以如此美丽！得体的着装和谈吐，优雅的气质和举动，做事永远不疾不徐、淡定从容，仿佛根本不知急躁、生气是何意，和她在一起简直有种如沐春风的感觉。和她在一起的时间越久，越会不自觉地被她身上散发出的魅力所吸引。“你们都害怕变老，我从来不担心这个。”她笑着说出这句和杜拉斯雷同的话时，由内而外的魅力在她脸上的每一道皱纹和每一根白发上闪耀，这是一种无与伦比的美丽，是岁月和经历赐予的宝贵财富。

往事终究像一场雪，被阳光雨露点缀成过眼云烟，只留下纯粹的爱或者不爱，让你我永远珍藏。这世界，没有哪一天不像雪泥鸿爪，路过了，爱过了，便是福，便是雅，何苦纠缠于固执，就像花，像海，像你，我，还有他，在表演着属于你我的雪月风花。美酒只有经历岁月的沉淀才会更加香醇，人生就是一个不断积淀、经历的过程，如此，才愈加丰富多彩！

酒越久越香醇，时间久了每个人才能被人看清。去认真感悟生命吧，把这些交给时间！

淬炼过的金子才发光

唐 仔

烈火试真金，逆境试强者。

——塞内加

去浙江遂昌的金矿国家矿山公园游览，恰逢一队参观的学生团。领队的老师拿起两块矿石，问同学们，哪个是金矿石？

老师手里的两块矿石，在灯光下，呈现出两种截然不同的形态。一块矿石里面，像撒了金粉一样，每一个角度都发出耀眼的光芒；而另一块矿石，则像被墨涂过的一样，周身是黑色的，几乎没有什么光泽，与我们平时见到的石头似乎并无二致。孩子们叽叽喳喳地争论开了。很快，一个声音占了上风，那块闪闪发光的，肯定是金矿石，没看到里面全是金粉吗？但也有人小声地质疑，如果答案是明摆着的，老师为什么还拿来考大家？

见同学们各自表达了看法，老师揭晓了答案，那块黑色的矿石，才是真正的金矿石。而闪闪发光的那块，则是普通的硫铁石，里面没有任何黄金的成分。它就是人们常说的“愚人金”。

同学们炸了锅。很显然，大部分学生都被那块硫铁石的闪闪亮光给迷惑了。

有人提出了自己的疑惑，不是说是金子总是会发光的吗？为什么金矿石里的金子却黯淡无光，没有呈现出金子应有的光芒？

老师赞许地看了一眼那名学生，这个问题问得非常好，这也正是今天我想和大家探讨的。老师挥挥手中那块黯淡的金矿石，环视一遍大家，说：这块石头里面的金子，需要粉碎、淘洗、提炼，才能从石头中分离出来，成为我们平常所见的熠熠生辉的金子。而淹没在石头和其他矿物质中的金子，是看不出它的光泽的。也就是说，真正金光灿灿的金子，是经过了一遍遍淬炼之后，才最终呈现出金子的本色的。

我一直默默地站在旁边，好奇地注视着他们。听到这儿，我恍然明白了老师的良苦用心。这真是一个聪明的老师，他不仅要告诉他的学生科普知识，还潜移默化地向孩子们传授做人的道理呢。

果然，老师话锋一转，对围在他身边的学生们说，在老师的眼中，你们每个人都是这样的一块金矿石，但是，必须经过一道道的淬炼，你们才会成为一块金子，散发出你们青春应有的光彩。

老师的话，引来一阵阵掌声。我留意到孩子们稚气未脱的脸上，都流露出兴奋的神采。

忽然，有个学生高高地举起了手。

老师示意他说话。迟疑了一下，那名学生似乎是鼓足了勇气，大声地说，老师，我在上海的一家黄金博物馆看到过一种“狗头金”，它通身都是金黄的，耀眼的，据说，这就是它本来的面目。我觉得，真正的金子，就应该是这样的，天生的气质，“腹有诗书气自华”嘛。学生越说越流利，也越说越兴奋，语气中充满了自信。看得出这是一个很聪明，也很自负的孩子。

老师不停地点着头。学生说完了，老师赞许地说，你的课外知识很丰富，很好。你说的“狗头金”，确实是一块完整的金疙瘩，它是黄金家族里面的瑰宝。不过，它并非天生一块金砖，事实上，它是天上富含黄金成分的陨石，在坠落地球的过程中，因为与大气层发生剧烈摩擦燃烧，其他的物质都燃烧掉了，只剩下来黄金，才凝集成完整的金块的。也就是说，它不但经过了淬炼，而且是更加严酷的淬炼。如果没有经过大气层严酷的淬炼、燃烧，那块金子就会一直黯淡无光地散布在矿石之中。

老师再次环顾大家，动情地说，我刚刚说过，在老师的眼中，你们都是金矿石，你们都具备金子一样的潜质。但是，如果不经过千锤百炼，你可能一辈子都无法发现自己的潜能，一辈子也不会发出金子的光芒。

老师继续说，其实，我们每个人都是一块金矿石，只是太多的人没有被开采出来，或者没有经过淬炼，而错失了自己本该灿烂的人生。因此，我想告诉大家，别以为自己是块金子就一定会闪闪发光，发光的金子都是经过一遍遍淬炼的。

沉默。忽然，同学们都鼓起了掌。

我也鼓掌，为这位循循善诱的老师，也为了我们本该熠熠生辉的金子般的人生。

时常思考的问题是，从前孱弱不堪的自己，终于在时光的磨炼中变得强大起来。社会本就是残酷的，只有经历摔打的人，才能有更强的抗击力。正所谓，物竞天择，适者生存！

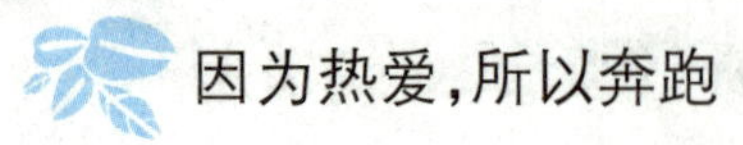

救命的地图

凤　凰

信念是鸟，它在黎明仍然黑暗之际，感觉到了光明，唱出了歌。

——泰戈尔

父亲是一名探险队员，经常独自闯沙漠进原始森林。儿子高考结束后，缠着父亲带他去沙漠探险。父亲开始不同意，因为儿子太年轻，他怕出意外，可是他拗不过儿子，最终答应带儿子去沙漠探险。

父亲做好一切准备，然后和儿子向沙漠进军。看到茫茫沙漠，儿子显得特别兴奋，不由得跑起来。父亲见状赶紧向儿子吼道："不许跑，不许跑！"在沙漠里，只能慢慢走，跑的话，会消耗大量体力，会喝掉许多水吃掉许多食物，那样的话，会完全打乱他的计划。儿子听话地停了下来，冲父亲笑笑，他觉得太刺激了。

一路上，儿子不停地向父亲问话，不停地拍照，不停地记录，父亲看在眼里，乐在心里，他想将来儿子肯定会比他更优秀。因为真正优秀的探险员，不只是为了玩刺激，更是要为人类做出贡献，把惊险与神奇让世人分享。

这天晚上，父子两人住在了沙漠里。开始的时候，父亲和儿子还特别兴奋，望着满天的星斗说说笑笑。可是突然之间就冷风大作，沙尘飞扬，父亲和儿子都呆了，他们还没来得及收拾他们的东西，更加猛烈的沙尘就将他们的东西一扫而光。父亲和儿子都吓住了，他们待在睡袋里不敢轻举妄动。

第二天早上，父亲和儿子才钻出睡袋寻找他们的东西。可是，那些东西哪里还有踪影？父亲和儿子找遍周围，一无所获。父子两人面面相觑，他们的计划不得不终止，现在，他们不得不往回走。可是，往回走也面临着极大的困难，没有了指南针，他们很可能迷失方向。一旦走错路，就会延长时间，他们没有了水和食物，能在沙漠里待多久呢？虽然父亲多次进沙漠，极有经验，但是对此他也无能为力。

儿子上前拍拍父亲的肩膀说："爸，别着急，我有地图呢！"儿子说着就从身上掏出一张纸条，上面弯弯曲曲地画有一条线，线上又画着一些小圆圈。父亲看看纸条，又看看儿子，问道："这就是地图？"儿子说："对，就是地图！一路上，我不停地照相，不停地记录，还顺便记下了我们走的路，没想到这下可派上用场了！"父亲拍拍儿子的肩膀说："好样的！"尽管这只是简单的线条，但这是他们曾经走过的线路，现在，只要按照线条走下去，就能走出沙漠。这根线条，无疑成为他们的生命通道。

父亲和儿子开始转身往回走。他们不敢耽搁，怕再出什么意外，他们走得很快。尽管一路上他们时常出点小意外，但他们都满怀信心，按照线条一直走下去。终于，天黑的时候，他们走出了沙漠。

坐在草丛里，父亲长长地松了一口气，他对儿子说："孩子，这次多亏了你！"儿子笑嘻嘻地说："爸，其实我那张地图画的并不是我们曾经走过的路，而是我看到你愁眉苦脸的时候才在纸上画下的线条。"父亲睁大了眼睛，他简直不敢相信。儿子说："我知道，那时候，其实我们需要的并不是一张真正的地图，我们需要的是走出沙漠的信心！"父亲笑了，儿子的确比他更优秀。

有时会打败自己的并不是真正的环境，而是心理上的妥协和无力感。人真的应该时时刻刻存有信念，这样可以支撑你走好长一段路！

困境里的上帝

入世无尘

如果人生的途程上没有障碍，人还有什么可做的呢？

——俾斯麦

杰克和迈克喜欢冒险，他们经常一起去森林里探险，这次，他们闲着无事，驾驶着小车去了一片人迹罕至的沙漠。

杰克和迈克驾驶着小车在沙漠里行驶了一天，天黑的时候，他们往回走，就在这时，他们的车突然抛锚了，两人赶紧下车检查小车。两人呆了，他们查不出毛病，束手无策。两人面面相觑，他们钻进小车，打开车灯，他们决定坐着等待。也许沙漠里有别的探险队，只要看到了他们的车灯，肯定就会走过来。他们后悔自己走的时候没有带足够多的食物和水，他们根本没有想到小车会出故障。

杰克和迈克在小车里等了很久，周围一片安静，他们开始害怕起来。如果没有人发现他们，他们很可能死在这里。后来，他们睡着了。醒来，天已大亮。

杰克和迈克你看看我我看看你，他们心想完了完了。两人开始祈祷，他们希望上帝能够救他们一命。

当杰克和迈克睁开眼睛的时候，他们看到一个人向他们走来，他们想那个人肯定就是来救他们的上帝，他们欢呼起来："我们在这儿！我们在这儿！"

那个人走了过来，询问杰克和迈克发生了什么事，杰克和迈克告诉了那个人一切，请他救救他们，说他是他们的上帝。那个人笑着告诉他们说："我不是上帝！我叫鲍尔森，我也是来沙漠探险的！"

鲍尔森去检查小车，他摇了摇头，他也无能为力，他说："我看只有修理工才能修好，而且需要专业工具。我们一起走吧！"

"走出沙漠？"杰克和迈克睁大眼睛看着鲍尔森，"你知道吗？要走出沙漠还有很远很远的路程，我们不可能走出去的！你看太阳都出来了，我们又渴又饿！"

鲍尔森说："伙计们，别担心，我有水，还有面包！"鲍尔森说完打开自己的背包给杰克和迈克看。不看还好，一看他们就泄气了，背包里，只有半瓶水和两个面包，他们三个人，怎么够吃？一个人就能马上吃掉！杰克和迈克钻进小车，他们决定等待。

鲍尔森说："你们不想走？"杰克和迈克说："不走！反正也走不出去！不如坐着等待！"鲍尔森说："没有人会来救你们的！坐着，只能等死！"鲍尔森突然掏出一条绳子将杰克和迈克捆住，杰克和迈克大惊失色："你想干什么？"鲍尔森说："你们不是想死吗？我不会杀你们！"鲍尔森捆好杰克和迈克，然后搜走了他们身上值钱的东西，最后，他扔下半瓶水和一个面包，扬长而去。

杰克和迈克大声叫着："你这个浑蛋！我们要杀了你！"鲍尔森说："有本事的话就来杀我！"鲍尔森说完头也不回地向前走去。

杰克和迈克没想到鲍尔森不但不能救他们，反而还趁火打劫，太可恨了！他们想既然都走不出沙漠，都是死，怎么也得去把鲍尔森给杀了，以泄心头之恨。还好，鲍尔森不是把他们捆得很牢，他们很快就挣脱了绳子，然后他们吃了那个面包，喝了几口水，就开始追赶鲍尔森。

杰克和迈克跑了很远一段路，才看到了鲍尔森。鲍尔森回头发现了他们，也就加快了脚步。杰克和迈克想自己走得快，鲍尔森就会走得快，硬追是追不上的，他们决定慢慢跟着鲍尔森，等到了晚上再动手。

就这样，鲍尔森在前面走，杰克和迈克在后面追，他们一直跟到了晚上。鲍尔森似乎没有睡觉的意思，他停下来休息了一会儿又继续往前走。没办法，杰克和迈克只好跟着追。他们又累又饿又渴，可是他们一想到可恨的鲍尔森，就来了精神，他们一定要杀掉他以泄心头之恨。

他们从黑夜又走进了白天。鲍尔森的脚步慢了许多，杰克和迈克也更加疲惫，脚步也慢了许多，可他们还是不肯放弃。每当鲍尔森休息的时候，他们也休息。每次休息过后再起程，他们加快脚步的时候，鲍尔森也加快脚步。他们总是落后于鲍尔森一段距离，怎么也赶不上。杰克和迈克都想鲍尔森肯定知道他们要杀掉他，否则他不会跟他们较劲。

三个人就这样走的走追的追，到天黑的时候，他们走出了沙漠。鲍尔森坐了下来，等待着杰克和迈克。杰克和迈克赶紧走上前，对鲍尔森恶狠狠地说："总算让我们追上了，你就去死吧！"两人上前一人拉住鲍尔森一条胳膊，恨不得立即将鲍尔森扯成两半。

鲍尔森一点也不紧张，他微笑着说："伙计，瞧你们的样子，比魔鬼还可怕！我知道你们恨我，当时我那么做，是为了逼你们跟我走。如果不走，待在沙漠里，只有死路一条！"杰克和迈克问道："这么说你是为了救我们？"鲍尔林说道："你们想想，我如果真的是个坏人的话，我干吗还要把自己的面包和半瓶水给你们？"

在沙漠里，食物和水就是命。杰克和迈克这才恍然大悟，是鲍尔森故意激怒他们，让他们追赶他，才跟着走出了沙漠，捡回了一条命。两人流着眼泪说："你真是我们的上帝啊！"

鲍尔森微笑着说道："我不是什么上帝，也没有什么上帝！在困境面前，最怕的就是恐慌和绝望，只有信心和希望才能救我们！"

每个人到最后，都只能独自面对断壁残垣。没有人可以救你，就像没有人可以打败你一样。

第一次出门远行

邢占双

在不幸中所表现出来的勇气，通常总是使卑怯的心灵恼怒，而使高尚的心灵喜悦的。

——卢梭

第一次出门远行是在我 18 岁的时候，那年寒假只在家待了两天，因为实在受不了父亲，他顿顿喝酒，日夜牢骚，我无法静心读书写作。于是，在一个寒风刺骨的早上，母亲泪眼汪汪地送我到村头，“要不就别去了。”“路上注意安全啊。”“过年，早些回来啊。”我不忍回望，踏着积雪，踩着小道，奔向镇里，来到县城，踏上北去的火车，去山里舅舅家。我要在毕业之前完成一篇小说。

旅途上遇到了一个邻城大学生，他比我高比我帅，戴着眼镜，是师专的，我们很谈得来，谈论最多的是文学。旅途不再寂寞，他说他喜欢写诗，他赠我一本杂志，我赠他一本小说集。我们互留地址，握手告别。

火车继续向北行进，车里真冷，光板的座椅又硬又凉，坐一会儿便得站起来活动活动手脚，否则会冻木。旅客稀稀落落，坐车的都是一站地两站地就下车，有时整节车厢就剩我一人。火车慢慢悠悠有个小站就停一下，车窗上了一层霜，看不见外面的景色，我吹口气哈出一个猫眼，只见火车穿行在两山之间，没有什么新鲜的景色，很快就倦怠了。

穿过两个山洞之后，我的心便紧张起来，要到地方了，真怕过站。年轻女列车员特意来告诉我，下一站就是乌尔奇了。火车在一个小村旁顿了一下，我刚跳下车，它便"呜"的一声，不屑一顾地走了。

舅舅家的茅草小屋位于河岸的一个高岗上。白天，舅舅上山伐木。我只身一人盘坐在石头炕上，写一篇青春小说。累了，就到外面走走，天空瓦蓝瓦蓝，像水洗过似的。踏雪到密林深处吼几嗓子，向树林深处走走，可惜我来得不是时候，欣赏不到美景，采不到山珍野味。

晚上，独坐昏黄灯下，读我带去的十几本书，反复听那几本磁带。舅舅到邻家串门，总是很晚才回来。舅妈带着两个孩子回娘家了，年后才能回来。

火车开过，石头炕也跟着抖动，令我追想它连接的那个世界，那个世界很精彩，要想走得更远，我就要努力。

几天后，我要去看姥爷，好些年没见他了。他在市里一家医院烧锅炉。舅舅领我坐火车来到市里，将我送到地方。那是一所军队的医院，一所空荡荡的大房子，在房子的一角，是姥爷的房间，里面摆放着一张床和一张地桌。姥爷见到我很高兴。晚上为我做了炒羊肉，羊肉是附近一家给的，那家死了只羊，不会剥羊皮，姥爷帮剥的，得到了两条大腿和一些羊排。姥爷看我吃得很香，老眼里闪着欢乐的光。

晚上，我常常熬夜写小说，地桌下的凉风"嗖嗖"地钻进裤管，没办法只好将裤管扎起来。姥爷一觉醒来总会劝我："时间有得是，你要注意身体，你这样不睡觉，到老时病就找你了。"我对姥爷的劝告不以为意，觉得他说得很可笑，睡觉嘛，想睡时就睡，困时再睡也不迟。现在才懂得，姥爷说得有理。

姥爷开钱了，他用枯黄的手指数着角票，两个月的工钱，160 元。他数来数去，查出 30 元给了我，告诉我省着点花。他这一生，从来没有积蓄，贫穷像影子一样伴随着他。他一次给了我这么多钱，让我深感意外，感动得嗓子眼儿发堵。等到我挣钱时,一定好好孝敬他老人家。

第二天,我拿着姥爷的钱,逛了新华书店,买了几本诺贝尔文学奖获奖作品。在城里逛了一圈,到城外登了回山。

除夕之夜,我回到舅舅家。我走出去很远,去铁路边上看《春节联欢晚会》。李春波的《一封家书》使我忍不住落泪,我怀念家中满桌的菜肴,怀念与伙伴在一起甩扑克的快乐,怀念家乡过年的温馨气氛。我和舅舅在一起度过了一个冷冷清清的年。

临近开学,我穿着舅舅送我的一套崭新铁路服,回家,回学校,将小说投给了一家杂志社。

不久后,我收到那位大学生的来信,他说我是值得交的知己,同时也收到退稿信,我默默地将稿子压在了箱底。

但我至今仍忘不了第一次出门远行的日子,那是我寻梦旅途的开始,虽然距离成功遥遥无期,但苦涩中有宁静,自由中有幸福。那座茅屋,那座城市,那些日子,我将永远铭记。

每个人都有成长中的第一次,第一次出行,第一次独自坐火车去很远的地方,第一次谈恋爱,第一次尝试做一件事……你还记得你最勇敢的第一次吗?

空出的文明

李兴海

土扶可城墙，积德为厚地。

——李白

听说我要去香港旅行，许多朋友给我打了便条，便条上写满了他们所需的东西。

我带着十几张便条进入了香港的超级市场。虽说香港有购物天堂的美誉，但说实话，除了超市配备的物品品种繁多之外，我确实没有感受出其他的优越性。

我的五个推车里都装满了东西。一位年轻的服务员主动上来问我："小姐，需要帮忙吗？"我笑笑，将手里的两个推车递给了他。

他领着我去了收银台，一路上，我们聊得很是愉悦。结账之后，我遇到了第一个难题，这么多的东西，要如何拿到邮局进行打包邮寄呢？

这位年轻的服务员没有说话，一直把我的推车送出收银台。很奇怪，他

并没有离开的意思。他用力地拉着几台笨重的推车，领着我进入了地毯式电梯。

这类宽敞的、可将购物车直接推上去的地毯电梯，国内到处都是。我站在电梯的左边，把手搭在黑色的传输带上。

抬头一看，我的前方，是一条无人阻挡的小路。不论多么拥挤，所有人都站在电梯的右手边。我暗笑，香港人可真傻，不像大陆人那样懂得充分利用资源。

正当我发呆时，给予我帮助的那位服务员朝我使眼色了，我无法领会他的意思，只好顺着左边的电梯上前几步，与他挨近。

他问我："小姐，您有急事吗？"我摇摇头。岂料，他竟然迅速后退，给我让出了一个右边的空位。我莫名其妙地站了过去。回头，身后是一片诧异的目光。

他将我送到了超级市场的门口，并帮我叫了一辆宽敞的出租车。临别前，我禁不住问他："刚才你为什么不让我站在左边呢？左边有那么宽敞的位置，为什么那些顾客都不去站呢？是不是你们对'左'这个词就像大陆人对'4'一样有所忌讳？"

他摇摇头，一本正经地告诉我："小姐，您误会了，在香港的每个超级市场都有一条不成文的规定，那就是地毯式电梯的左边永远不能站人。"

"为什么不能站人？"我继续发出疑问。

当天，他对我的回答，使我终生难忘。他说："因为那是一条紧急通道，在熙攘拥挤的超市里，难免会有顾客发生意外，或者着急办事。留出左边的一条路，完全是为了方便他们，希望他们能在第一时间得到帮助。”

之后，我陆续去过几家新的超级市场，结账之后，我自觉地推车走到了电梯的右边。我始终记得那天他对我说过的话。

凝视左边那一条空出的路，我切身感受到了一座城市的温暖和蕴藏的文明。

一座城市的发达和文明程度，取决于这座城市给予人民多大的人文尊重和便利。

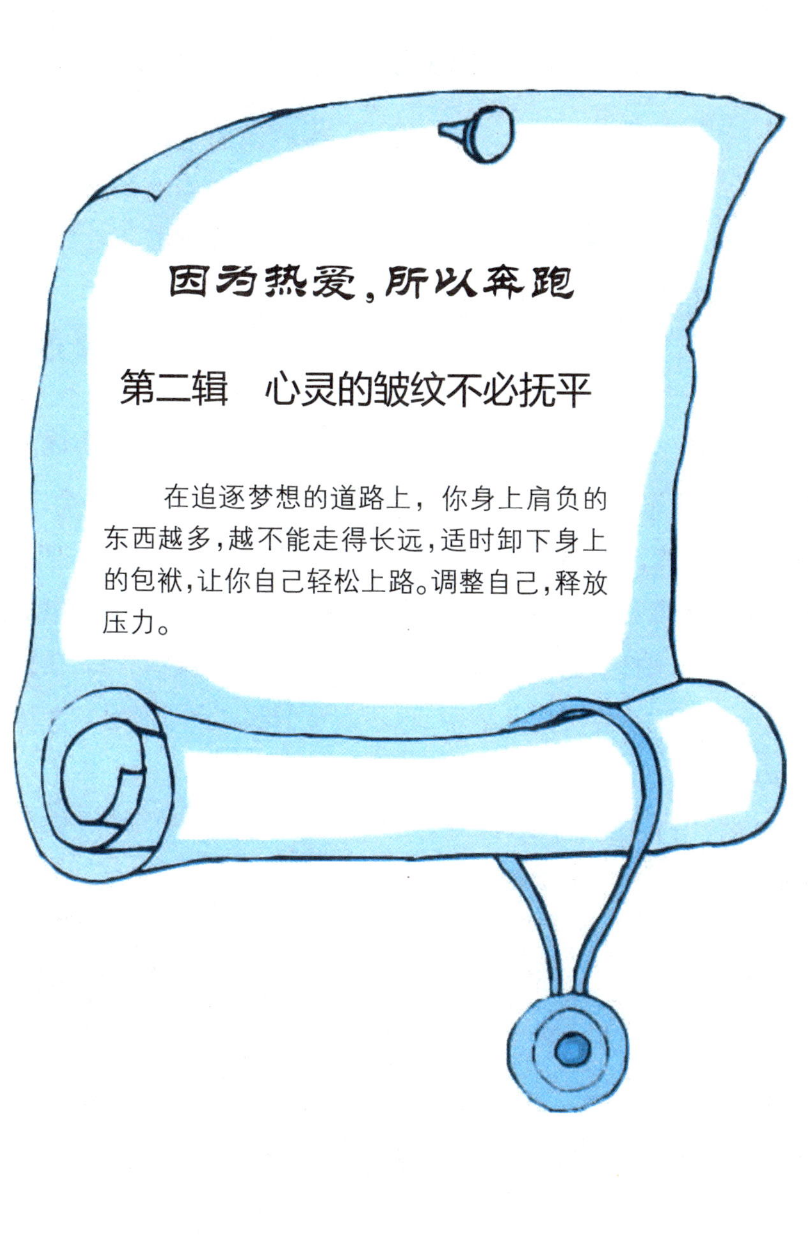

第二辑　心灵的皱纹不必抚平

在追逐梦想的道路上，你身上肩负的东西越多，越不能走得长远，适时卸下身上的包袱，让你自己轻松上路。调整自己，释放压力。

手机让我们越联系越疏远

庞启帆

与人交谈一次，往往比多年闭门劳作更能启发心智。思想必定是在与人交往中产生，而在孤独中进行加工和表达。

——列夫·托尔斯泰

上午九点多，我和两个来自意大利的同伴徒步进入了法国南部山区。经过昨夜雨水的洗涤，大地显得格外清新。牛羊在山坡上悠闲地吃草，蓝天向远方无限延伸。突然，我听见一阵微弱的响声，听起来不像是鸟鸣虫叫。走在我前面的那个叫布森·福尔格姆的同伴听到响声，迅速从口袋里掏出了他的手机。是布森的母亲打来的电话，询问儿子的徒步旅行是否顺利。在接下来的10分钟里，布森既不聆听鸟儿歌唱，也不观赏清晨美景，而是一直和不在身边的母亲聊天。

这就是我沿圣地亚哥横穿西班牙北部，时间长达一个月的徒步旅行的开始场景。我决定借这次旅行摆脱我的手机和电脑屏幕。这一次逃离让我进一步领悟了亨利·大卫·梭罗的话："我已经成为我的工具的工具。"

在我的徒步旅行起程之前，我在一本杂志上读到一篇有趣的文章，题目叫作《现代

科技的奴隶》,作者是埃里克·斯雷特。在文章中,斯雷特回忆道:“有一次,我坐在一辆拥挤的公交车上,坐在我旁边的是一位中年男子。突然,这名男子的手机响了,他不但没有接听,反而将手机随手从车窗扔了出去。我惊愕地张大了嘴巴。他看着我,耸耸肩,然后就把视线移开了。我不知道那手机是他的还是偷来的,或许他根本不知道手机是什么。但就是凭这个看似毫不介意的举动,他成功地将自己从某种东西中解放了出来,而这种东西却几乎已经耗尽了我的全部精力。”

这个故事让我产生了共鸣。就像今天许多人一样,我的生活基于与现代科技的联系,不论是上网还是手机。但是,在沉迷于使用手机五年而不能自拔之后,我意识到我的手机不但没有让我和他人联系得更紧密,反而成了隔离我与周围的人的一道墙。而且,有这样感觉的不止我一个。在我徒步横穿西班牙时,脱离了与网络的连接后,深思了手机的使用是怎样不知不觉地渗透到日常生活中削弱了人类的基本交流的,而这种交流正是构成一个社会的基本要素。

全世界有几十亿人在使用手机。尽管手机是一种先进的、了不起的通信工具,它似乎使我们摆脱了办公室的束缚,让我们拥有更多的休闲娱乐时间,但事实上并非这样。使用手机模糊了工作时间和非工作时间之间的界限,增加了家庭和朋友之间的压力。正如埃里克·斯雷特在他的文章中写的:“好像我们越有‘联系’,越变得疏远。”

在西班牙的徒步旅行中,我一遍又一遍看到这样的情景。虽然我那时在体验着没有手机的自由,但我发现自己周围的人整天都在手机上浏览社交网站,与他们的亲戚朋友聊天、视频。几乎每一天,人们都在发展与陌生人的友谊和联系老朋友、家人之间疲于奔命。

联系过于紧密,有时候并不是一件好事。在徒步旅行途中,我迷路了几次。但在迷路的途中,我看到了新的景色以及碰到了令我惊讶不已的小镇。回到美国,一迷路,我就打手机向朋友问路。有了手机,你就不太可能走错路,也就看不到新鲜事物，不能意外地结识到新朋友。

所以，在徒步旅行结束，回到佛蒙特州伯灵顿的家中之后，我收起手机，用一辆锈迹斑斑的自行车换来一部固定电话。如果必要时，这部固定电话同样能让我联系上亲朋好友。现在，我外出时不会立即打个电话或确认是否忘了带手机。因此，我在附近看到了以前从来没有注意到的东西，像街区旁的大花园，路边的艺术装饰和雕塑。现在，我不会紧盯着手机屏幕，我已经在街上结识了新的朋友，开始和以前没有说过话的邻居聊天，跟我的老朋友们见面，喝咖啡，而不是打电话、发视频。

我发现，离开了手机，我不但没有和这个世界脱离联系，反而和这个世界接触更加频繁了，和亲戚朋友的关系更加亲密了。有一天早上，我和邻居们看见一头驼鹿穿过马路向不远处的一个小湖跑去。我们惊奇极了，瞬间有了聊天的话题。聊着聊着，我猛然发觉与手机相比，这头驼鹿能使邻里关系走得更近。

科技飞速发展的今天，电子通信已压倒性地进入了人们的生活。联系方便了，但是距离却越来越远了，更可怕的是，联系都越来越少了，每个人都蜷缩在自己的世界里，我们开始陌生了！

遇见一朵莲花心

筱 梅

天行健，君子以自强不息。

——《周易》

那一年，毕业考试刚刚结束，我就打包行李，和青春告别踏上梦想的旅程。我没有回到那座世俗却温暖的城市，明知道这远方的孤独没有尽头，我仍然想要去那座我喜欢的城市，我要在那里实现我的梦想，我想有一天成为理想中的自己。

我来到了这座大都市，每天穿梭在一家一家公司里，我相信以自己的专业一定可以很顺利地找到心仪的工作。可是，当我送出了第 30 份简历而音信全无时，我站在春寒料峭的街头，摸着身上所剩无几的钱，自己喜欢的工作却遥不可及，不禁感到心力交瘁。

我不敢向老家的亲人诉苦，也不想就这样放弃，我感到烦躁不堪，心里埋怨着生活的艰辛和这座城市的冰冷。我颓废地走在繁华的街市里，经过了一座公园，这似乎是一座充满快乐的公园，不远处有一群孩子互相追逐着，尖叫着。在青翠的草地上，人们惬意地坐着、躺着，有的安静，有的欢笑。植物带的花朵开得红艳艳的，一对对情侣微笑着在它们身边停留。这个公园的快乐似乎在感染着我，令我忍不住嘴角上扬。可是一想到工作仍无着落，那些面试官冰冷的面孔一一跃入我的眼帘、心上，坏心情仿佛在这一刻令我的心上罩上一层驱散不去的雾霾，我的人生仿佛失去了方向。

在公园旁边有一家专卖瓷器的精品店，店里的面积很小，除了四周架子上摆满了工艺品，在店里的中间还摆放着一个浅蓝色的“莲花座”陶瓷烛台，晶莹剔透，让人一见欢喜。这时，一群旅游团的游客走进店来，店里的空间显得更加拥挤。我正要往里走，只听“啪”的一声，我肩上的背包似乎碰到了什么，我转身一看，身后那个“莲花座”烛台掉落在地上，莲花心已碎成两块。我心里一惊，心想这个“莲花座”应该很贵吧？店里的客人们自顾地观赏着工艺品，显然并没有人注意到我的狼狈。

我正犹豫不决，是要悄悄捡起碎片当作没有这回事，还是要把钱赔给店家？可是，我身上哪里还有钱赔，如果再找不到工作可能就要露宿街头了。我狠下心，蹲下身子迅速把莲花碎片放进了我的包里。旅游团的游客结束观赏走出店门，这时，一个店员惊呼：莲花座不见了，那可是我们店的吉祥物啊！见到游客们都惶恐惊若，瞬间阴霾布起的脸，老板听了走过来说：“没了就没了，比起吉祥物，大家旅游开心更重要。”店员还想说什么，老板接着说：“我只是希望每个进来我们店的客人都像莲花的心一样开心地向上生长，只要能让大家快乐，就是我们摆放吉祥物的初衷。”

我的心一下子被濡湿了，感受到这尘世的温暖，心里仿佛盛开着一朵莲花，我惭愧地从包里拿出那两块“莲花座”的碎片，嗫嗫嚅嚅地说：“老板，这莲花座是我打破的……”老板温厚地露出笑意说“没事的，你看，莲花的心是向上生长的，只要有一颗向阳的心，我们看世间的任何事情都会很简单，很美好。

是的，我想我永远都不会忘记这一次短暂的邂逅，让我明白，着急上路之前，一定要摆正心态，不然，梦想如“莲花座”般易碎。而一旦拥有店主一般的坦然胸怀，那么，任何困难和逆境都只是暂时的，阳光终会光芒照临，因为念念莲花心，层层向上开！

就像许巍口中唱的那样：心中自由的世界，如此的清澈高远，盛开着永不凋零，蓝莲花……遇见一朵莲花，遇见重生，遇见下一个自己！

在“荒山”拾珍宝

张艳君

责任心就是关心别人，关心整个社会。

——穆尼康

只要有一双瑰宝般的眼睛，荒山未必不是珍宝。

他喜欢淘宝，不过最初他不是在“荒山”。出生于北京的他高中毕业后进了一家整流器厂，业余时间却爱到街头淘邮票，往往星期日，再不济，一天的收入也要顶厂里三个月的工资；如顺手的话，则可以抵上一年的工资。上班三年，他索性辞职了，一心去淘邮票。1988 年，他花 365 元买进一张邮票，转手倒腾出去，竟赚了 10 万元。

不过他认为，邮票太“小”，有了钱后，他要干大的，先是倒腾老油画。一次，他在一位古玩商那里买艾中信的画，对方问他：“艾中信的手稿要不要？”他想，既然收藏艾中信的油画，为什么不同时收他的手稿呢？这样对他的油画理解会有帮助。从此他一脚踏进了“荒山”。

从几年淘邮票中，他深知，在“荒山”上觅宝，必须要有识宝的眼睛。为了练出一双火眼金睛，从进入“荒山”

开始，他就大量有计划地学习艺术知识，仅购买关于油画艺术方面的书籍前后就花了二三十万元；同时，遇到业内人士，他虚心请教。很快，他从不懂到深谙这些艺术品知识。

他轻车熟路地做开了“荒山大王”，做“山大王”，手下就得有人。北京潘家园是破烂的集散地，逛潘家园久了，他发现手里永远有货的就是那么一群人，他有意识地去结交认识他们，很快，他就拥有了一大批“线人”。是的，他是赵庆伟。

2014 年春，一场名叫“小雅·观心——赵庆伟藏重要名家书稿、手札专场”的拍卖会开始。全场 95 件拍品，其中手稿：王朔的《海马歌舞厅》剧本以 28 万多元的成交价成为全场最高价，冰心的《记一件最难忘的事》成交价 34500 元，丁玲的《记左权同志话山城堡之战》成交价 32200 元，王蒙的《一九八四部分短篇小说一瞥》成交价 18400 元，铁凝的《来了，走了》成交价 13800 元……

最引人注目的是诺贝尔文学奖得主莫言的《苍蝇·门牙》手稿，刚在预展上露脸，就有不少人表达竞拍意向，还没开拍，价格已逼近百万元。不过，最终这件拍品按照莫言的意见，请崔永元牵线，将手稿无偿归还莫言，莫言也如约将其赠与现代文学纪念馆。

不错，这些拍品都是这些年来赵庆伟从“荒山”中觅来的。“线人”中，专门在文化单位收废品的有数千人，这数千人几乎各个手里都有赵庆伟的手机号码，他们知道哪儿正在搬家，哪儿有大量的破烂要卖，哪儿会有赵庆伟喜欢的“好东西”。

相比废品收购站，“线人”们更愿意把破烂卖给赵庆伟，因为卖给废品站每公斤 4 元，卖给他 10 元。有一次 “线人” 田永中给赵庆伟打电话，他一到潘家园，就有百八十号人围上来，把给他准备好的货，一麻袋一麻袋地装上车。王朔的《海马歌舞厅》等手稿就在这批货中，避免了被打成纸浆的命运。

2002 年，“清河八家”废品站的人给他打电话，说一家出版社卖出整整一辆“面的”的废纸，3000 元。赵庆伟说你给我拉来，我加你 2000 元。莫言的手稿

《苍蝇·门牙》就夹杂在这一大堆残书破纸中。

2003年夏，赵庆伟接到“线人”电话，说有家杂志社清理出33箱东西，每箱1000元。买下后，当他拂去积在手稿上的尘埃，看到那些在时光中已经躺了近20年、泛黄的纸片上出现了石鲁、吴冠中、李可染、冰心等名字时，他的心狂跳不止。

2010年底，赵庆伟举办了第一场“小雅·观心”拍卖会。拍品中有1.4米长的周思聪素描，有《半夜鸡叫》的原稿，这些被一些人瞧也不瞧扔出门外的“破烂”，竟拍出了2000多万元。

赵庆伟成了进入“荒山”满载而归的人，除了手稿，他还收集了自清代到20世纪80年代的100多万张老照片，是他以每麻袋200元收进来的，如今单张或许就能卖上万元了。

赵庆伟在“荒山”淘宝，并不单是为了钱，对于这些珍宝的去处，拍卖只是途径之一。他说，炒高这些东西的价格，只是为了让人重视这些尘封于历史中的瑰宝，不要随随便便当作废纸打成纸浆。

对于国家级的宝物，如毛泽东与电影工作者在一起的留影，邓小平与日本天皇、皇后的合影，周恩来的信函，宋庆龄的批件，郭沫若以为已在日军轰炸闸北时被毁的作品手稿，大型音乐舞蹈史诗《东方红》在人民大会堂排练的文字和图片，人民大会堂建设工程的详细图片史料，茅以升设计建造最终又亲手炸毁的钱塘江大桥的设计蓝图……只要国家有关部门愿意接受，赵庆伟会把它们无偿地交出去。

同时，赵庆伟把藏品送给与自己志趣相投的朋友。一位朋友建版画博物馆，他便将七八千件版画送去；上千张黑胶唱片送给了一位建唱片档案馆的朋友，上万张漫画原稿送给建漫画博物馆的朋友，1万多盘电影胶卷送给了崔永元的电影传奇馆。

没送出去的，赵庆伟打算自己办各种文化专题的档案馆、博物馆，如建“中国诗歌博物馆”，因为他手里攥着数万篇诗人的原稿；他已累积五线谱原稿数百公斤，众多文艺演出团体的广告单、节目单、剧照和录像带、录音带、唱片，其中包括全国总政文工团200多本各地巡演、采风的图文资料，因而他要建一所“中国音乐博物馆”；他还要建“中国戏剧博物馆”，他已藏有数千张戏曲唱片和大量的戏剧脚本。

在北京市郊崔永元电影传奇馆的旁边，赵庆伟已办起了“老照片档案馆”，其中有少见的清代立体照片，包括李鸿章在内的清末人物照等。

而所有由他保管的这些宝物，赵庆伟也等着有一天能高高兴兴地全部交给国家。

知道珍宝的价值，却不想让它们成为自己的私有财产，这样的人无异于时代一颗最耀眼的瑰宝。

每个人都应该有这样的担当，在面对祖国利益的时候，选择以大局为重。这样的人，才是真的勇士和君子。

让路途变得轻松

文小圣

张弛有道，一切方得长远。

——佚名

美国专栏作家威廉·科贝特在年轻时候，为了可以专心创作，便辞去了报社的工作，整天在家里构思自己的“鸿篇巨制”，然而，他越是想尽快拿出满意的作品来，却越是写不出几个字。为此，他的内心痛苦极了。

有一天，科贝特实在闷得发慌，便一个人到街上闲逛，希望能够找到一些灵感。这时，他遇到了一位朋友。朋友见他愁眉不展，便关心地问他发生了什么事。科贝特便将自己的烦恼一五一十地告诉了朋友。

朋友听了，微笑着说：“咱们走路去我家好吗？”“走路去你家？那至少也得花上几个小时呀！”科贝特不情愿地嘟囔起来。朋友见他退缩，便改口说：“那咱们就到前面走走吧。”

一路上，朋友带他到射击游艺场观看射击，到动物园观看猴子，到商店看红酒……由于太久没出来活动了，这会儿科贝特忘记了所有的苦恼，一路上兴致颇高，跟朋友谈得也非常开心，在不知不觉中，竟然已经走到了朋友的家里。几个小时走下来，他们没有丝毫劳

累的感觉。

在朋友家里，朋友的一席话令科贝特终生难忘："今天走的路，你要记在心里，无论你与目标之间有多远，都要学会轻松地走路。只有这样，在走向目标的过程中才不会感到烦闷，才不会被遥远的未来吓倒。"

朋友的这番话改变了科贝特的创作态度。他不再把创作看作一件苦差事，不再急着打造"传世巨著"，而是以一种轻松的心态来创作，并尽情地享受创作过程中的快乐。后来，他在这种良好的状态下写出了《莫德》《交际》等一系列名篇佳作，并因此而美名远播。

在我们的人生中，有的理想看起来会非常遥远，有的事情做起来会非常困难，有的东西要获得似乎很不可能，许多人正是因为不堪承受这种巨大的压力，于是放弃了原来的奋斗。这时，我们不妨以一种轻松的心态来对待这一切，不要把那些事情当成负担，而应该当成一种快乐，学会享受过程，学会释放压力。

少一些急于求成的浮躁，少一些刻意的"艰苦奋斗"，让自己轻松地上路，许多看似遥远的目的地，就会在不知不觉中到达。

在追逐梦想的道路上，你身上肩负的东西越多，越不能走得长远，适时卸下身上的包袱，让你自己轻松上路。调整自己，释放压力。

心灵的皱纹不必抚平

沁园春

最惨的破产就是丧失自己的热情。

——阿诺德

那年，我去湘西旅游。在一个小村子里，我看见一位面目安详的老人坐在一棵老槐树下，微眯着眼睛在打盹儿。不远处，有两只鸭子正悠然地踱着方步。

我走到老人跟前时，他睁开眼，很随意地问了一句："年轻人，从哪里来啊？"

我告诉他："我来自黑龙江的漠河，一个非常遥远的地方。"

没想到，他竟一语平淡地道："那是一个不错的地方，我年轻时去过那里。"

我愕然，瞧他那一副足不出户的神态，谁能想象到他曾去过数千里以外的东北？

老人平静地告诉我："年轻的时候，心思总是被

外面的世界牵引着，梦想着走遍祖国的山山水水，兜里面没有钱，就逃票、搭便车，千辛万苦地去过一些地方。现在老了，待在家里，忽然发现自己生活的这个小山村，也有不错的风景。”

“人老了，您的心态还很年轻啊。”我想安慰老人。

“脸上有皱纹了，心上也有皱纹了，不再年轻了。”老人的回答大大出乎我的意料。

“有年轻的心态就好。”我读过一些让人保持年轻心态的书籍。

“年轻的心态就一定好吗？老年人就该有老年人的心态，就像这棵老槐树，你能一眼看到它的沧桑，我能感觉到它满怀的沧桑。”老人的瞳仁有些混浊，目光里却透着岁月一样的深邃。

“是啊，老人就应该有老人的心态，为何非要保持年轻的心态呢？”我想起奥地利作家托马斯·贝雷·阿尔德里奇的名言：“抚平心灵皱纹，便会青春永驻。”我不由得质疑这句一向喜欢的名言：“难道青春永驻就是好的？”

没错，每个人都熬不过无限的岁月，都会在心灵上刻下岁月的印痕，那些深深浅浅的皱纹，生动地告诉我们曾经历过怎样的沧桑，不同的年龄里，应该有不同的心态，就像树轮，每一圈都大小不一，形状各异，为何偏偏要执拗地青春永驻呢？

记得那一次理发时，我旁边坐着一位精神矍铄的老者。一个年轻的小姑娘一边细心地为老者理发，一边建议他把斑白的鬓角染一染，说那样他会显得更年轻一些。

老者立刻回答道：“不染，不染，坚决不染。到了我这个年纪，头发应该白了，既然白了，就让它白好了。”

“难道您不喜欢变得更年轻一些？”小姑娘还不肯放弃。

“我年轻过了，喜欢过年轻；现在年老了，要喜欢上年老。”老者一副随遇而安的神态。

真好！知道自己老了，坦然地面对就是了。而一味地渴望不老，希望青春永驻，无论是身体上的，还是心灵上的，其实都是有些不够成熟的表现。

细细想来，生命真的应该如此：顺应时光的安排，既然身体已经老了，心态随之老一点儿又何妨呢？一个本已苍老的身躯，反倒非要逼着自己保持年轻的心态，那该是一件多么尴尬的事啊？

人生一世，该天真的时候天真，该青春的时候青春，该苍老的时候苍老，感谢岁月馈赠的皱纹，留在身体上的皱纹和留在心灵上的皱纹，都不必劳神劳力地去抚平，只需平静地接受，就像接受花开花落、云卷云舒一样，自然，洒脱。

行到水穷处，坐看云起时。生命的姿态应该像流水那般潇洒自如，遇到怎样的风景，转换成怎样的形态，都该轻松应对，并享受其中。

不再流泪的眼镜熊

沈岳明

只有顺从自然，才能驾驭自然。

——培根

眼镜熊，也叫安第斯熊，是南美洲的特产。眼镜熊的体毛多数为黑色，只有脸部和前胸部为白色。因为眼睛周围有一对像眼镜一样的圈，所以被称为“眼镜熊”。雄性眼镜熊一般重达130公斤，雌性为60公斤左右。它们生活在南美洲中西部的委内瑞拉、哥伦比亚、厄瓜多尔、阿根廷西南部以及巴拿马南部。

眼镜熊是杂食性动物，尤其喜欢凤梨科植物。它们的上下颚强健有力，啃起凤梨来显得十分轻松。或许正因如此，凤梨在它们的食谱中占了相当大的比重，接近50%。为了摘食果实，它们还会爬到树上或高大的仙人掌上，攀爬高度可以超过10米，并且还能灵活地从一棵树直接爬到另一棵树上。果实当然不是每个季节都有，这时它们便会去寻找其他食物，如浆果、蜂蜜、竹子、甘蔗。另外，为了丰富食谱，它们也会捕食那些小型啮齿类动物、鸟类和昆虫。如果实在没什么可吃，它们就会偷袭野牛、野羊，这种肉类食物，约占眼镜熊食谱的4%。

据传，眼镜熊在捕食野羊时，如果野羊流出了眼泪，眼镜熊便会产生恻隐之心，而对野羊放生。眼镜熊一般不会对人类发起攻击，但要是将它惹急了，也会野性大发而进行反击。因为眼镜熊的眼睛里能分泌出一种昂贵的香腺，所以经常遭到人类的捕杀。眼镜熊极难对付，人类就利用它的恻隐之心，来对它进行捕获。

通常的情况是这样的：人类会派出一个人悄悄地跟踪眼镜熊，一旦被眼镜熊发现，并发起攻击时，那人就不能动了，得静静地蹲着或者跪着，并装出一副可怜的样子，还得伤心地流眼泪。有时候，如果流不出眼泪时，可以用辣椒水等药物来进行刺激，迫使眼泪流出来。此时，眼镜熊的怒气就会立即消失，并且它也会跟着流泪。也就是说，已经激起了它的恻隐之心。待它决定放弃对人的攻击，并转身离去时，潜伏在一边的其他人就会一拥而上，或用刀叉，或用网绳将眼镜熊制伏。

就这样，眼镜熊的数量日益减少了。当地人为了能长久地收获到眼镜熊的香腺，以后就只取香腺，而不伤害眼镜熊的性命。听说，眼镜熊流泪越多，它眼睛里的香腺也就会越多，所以人们为了能获得更多的香腺，就会经常在它的面前表演“悲情剧”，只要它一看到眼泪，就会不由自主地流下泪水。只是那些被取过香腺的眼镜熊的视线会变得越来越差。当大量的眼镜熊被人类取了香腺之后，人们再想以流眼泪的方式来激发眼镜熊的恻隐之心，并将其捕获，那就不容易了。因为眼镜熊的视线差了，看不到人类的眼泪，也就无法激起它的恻隐之心。很多次，人类都付出了惨重的代价，因为眼镜熊一旦行为失控，攻击力是相当强大的。

慢慢地，这一古老的、用流泪的方式来激起眼镜熊恻隐之心的捕熊方法，终于失传了。令人奇怪的是，现在的眼镜熊不但都成了“瞎子”，因为它的视力只有 0.4，而且连眼睛里的香腺也没有了。也许是人类让眼镜熊太伤心了，它就会让人类对它“死心”吧。

没有买卖，就没有伤害。个人的一己私欲，跟自然法则比起来实在是微不足道。我们该有感恩的心，这样，资源才会循环不尽。

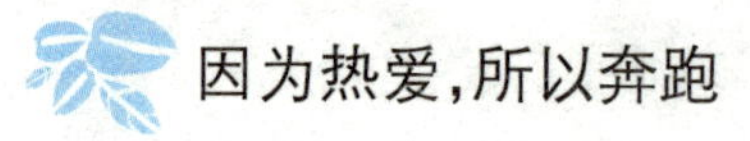

病 根

春 光

每个人都有错，但只有愚者才执迷不悟。

——西塞罗

我从秦皇岛回到北京，感觉异常疲劳，稍事休息后，就来到办公室处理事务。桌子上放着高高的一堆信件和快递，我必须一封一封剪开，看看他们寄来的都是什么东西。

房门被一股强势的风推开了，随着踢踏踢踏的脚步声，一个彪形大汉闯了进来，他非常熟悉而老练地坐在了我桌子对面的椅子上，像簸箕一样的手掌在我咖啡色的桌子上拍着："大哥呀大哥，你怎么才回来?"

我手中的剪刀并没有停歇下来，我说："怎么啦？"

他混浊的目光里充满无比的喜悦："大哥，我告诉你一个天大的喜讯……"

他故意打住，盯着我的脸，在看我的表情。

我和他原本并不熟悉，只是前年冬天，我住院的时候和他住在了一间病房，这样便熟悉了。我听见医生和护士都叫他阿斗。他是北京南城小红门乡肖村的农民，每天开一辆时风三轮车，从新发地往他们附近的菜市场贩菜。有一段时间，他的手腕和手背浮肿起来，而且长了许多疮，他到医院去检查，医生让他抽血化验，一看结果，说他血液里面毒素严重，必须透析。他不懂，问医生："怎么透？"

医生说："在脖子上插管，用透析液洗你的血。"他有些害怕，医生说："如

果你不透析，发展下去有生命危险。”无奈之中，他只好听从医生的摆布。听说他老婆是一个私人建材门市的营业员，从他住院到出院，我没有看见他老婆到医院来过。

他是一个干活的粗人，饭量出奇地大，睡觉呼噜震天响，还磨牙说胡话。有一天晚上，睡到半夜，他在睡梦中大哭起来，把我吓了一跳，我叫醒他，两个人谁也睡不着了，就拉起家常。我说：“你是不是有什么伤心的事情，这么难过，是你老婆对你不好吗？”

他本来想习惯性地摇头，可是，脖子上插着管子，他忽然想起医生的警告，停止了摇头，而是摆了摆熊掌一般的手。他说：“我想我的儿子。”

“你儿子当兵去了？”

“没有。”

“你儿子到国外留学去了？”

“哪能啊。”

“那么你儿子是离家出走，当和尚去了？”

“都不是。”

他起来坐在床上，喝了一口水，给我讲了他儿子的故事。

原来十年前的春节期间，他领着五岁的儿子去圆明园逛庙会。儿子是一个好动的孩子，他本来在湖上滑冰，突然看见路边有人叫卖红灯笼。那火红艳丽的灯笼在白雪的映衬下格外漂亮，灯笼的樱子随风飘扬。他嚷嚷着要父亲给他买一只灯笼。阿斗就对儿子说：“你在这里好好滑冰，小心摔倒，我去给你买灯笼。”

等他把灯笼挑过来时，却不见儿子的人影了。他顿时头皮发麻，头发都竖起来了，像疯了一样，四处寻找，也没有找见。有人说他可能被人贩子拐跑了，有人说他可能掉进湖里去了。能找的地方都找了，能去的地方都去了，还是没有儿子的音信。他到打印社去打印了许多寻人启事，走到哪儿贴到哪儿，这些年一直没有断过。

我说："你不要卖关子了，什么喜讯？是买彩票中大奖了？"他哈哈大笑："我告诉你，我找到儿子了！"

"啊！真的吗？"我也感到很惊奇，我为朋友而高兴："你能和我分享你的喜悦，看来你确实把我当成了你的朋友。"

"那当然。"他用手掌擦了擦鼻子："我今天先报告你这个喜讯，我请人选日子，咱们要好好庆贺一番。"

隔了三天，他通知我聚会安排在一个树林中的会所里。这里非常安静和优雅。我到了之后，阿斗在门口等我，我们落座以后，进来一个满脸胡碴儿的光头男子，他端来一盘瓜子。我们两个只说了三句话，有人喊他，他就出去了。这时候阿斗进来陪我喝茶。

我对他的儿子有些怀疑，我问他："这是你儿子吗？他年龄比你大20岁啊？"

"他说了，只要我给他买一套房，他就是我儿子。"

"原来是这样啊!是金钱衍生出来的儿子。"

他说，他虽然出院了，但是，感觉总是不好，他觉得西医虽然能够救急救命，但是不能除根。要是能把病根除了，他就是一个彻底的好人了。

我无语。我想，他确实是病了，病得不轻，但是，我觉得病根不在身体，而在灵魂。人在某一种事情的痴迷中，无形中会失去智慧而变得愚蠢却不能自拔。

病在身体尚可治愈，如果病在心理上，那就只有自己疗伤了。

请为见义勇为者免责

刘 进

人生是花，而爱是花蜜。

——雨果

2 月份，加拿大的埃德蒙顿正值雨雪天气。黄昏时，一向繁华的贾斯泊大街也变得有些寂寥，寒风凛冽，雪花纷纷扬扬，偶尔会有几个裹着厚棉袄的人匆匆而过。科林正是少数匆匆行人中的一员，26 岁的科林走在回家的路上，由于地面覆盖了一层厚厚的雪，路上太滑，他走得格外小心。

然而，走在科林前面的一位老妇人却一不小心，一个趔趄，摔倒在地上。科林赶紧跑了过去，双手拉着老妇人的胳膊，准备扶妇人起来时，老妇人突然“哎哟”一声叫了起来，嘴里不停地嚷嚷着腿疼。科林一看老妇人的腿，发现她小腿上部已经青肿了。科林看着老妇人疼痛的模样，心里十分焦虑和担心，便拨打了急救电话。不一会儿，救护车赶到，医生在老妇人腿上固定了两块夹板才把老妇人扶起

来带上救护车。好心的科林担心老妇人的安危，也一块儿去了医院。

医院诊断出来的结果让科林大吃一惊，老妇人竟然小腿骨折！更让科林难以置信的是，造成妇人小腿骨折的原因居然是他的搀扶。经过医生的解释，原来，从医学角度来说，因为老妇人有过骨折的病史，且摔倒疼痛处就在骨折处。当有人搀扶或者自己挣扎着起来的时候，就很有可能引发骨折移位，造成二次伤害。医生表示，单是老妇人的手术费就要两三万加币。科林听了很震惊，同时也意识到虽然自己扶老妇人起来和她自己起来都有可能会造成骨折，但如今，妇人的骨折和他脱不了干系。而事实正是如此，妇人的家人知道后，坚持要科林支付全部的医疗费用。这对于刚工作不久的科林来说，简直是一笔天文数字。

在科林一直无法支付医疗费的情况下，妇人的家人把科林告上了法庭。由于有医院的证明，老妇人骨折是由于不当的搀扶造成的，法院判决科林支付老妇人全部的医疗费。审判结果令科林十分沮丧和无奈。

无奈之下，科林把自己的遭遇发到了网上，并在网上发泄自己不满的情绪，并为自己无法支付医疗费而发愁。意想不到的是，没过几天，科林再次登录网站时，发现有很多网友支持他。很多网友表示，科林的做法完全正确，并且符合道德要求，分明就是见义勇为，并指责法院不应该让科林支付巨额医疗费。

在网友们的纷纷议论和转发下，没过多久，这件事就被多家媒体相继曝光出来，在整个加拿大闹得沸沸扬扬。很多人都站到了科林一边，为科林感到倒霉，发起了“请为见义勇为者免责”的行动，并声称如果法院不做出退让，以后将拒绝见义勇为。结果，活动的影响越来越大，很多法律部门的专家也站出来支持科林，并且建议修改并完善法律，维护见义勇为者的利益。

在强大的社会压力之下，法院终于收回了对科林的判决，而且政府部门经过一个月的努力，最终拟定了一项新的法律规定：“任何人必须救助处于危险中的人，为危险中的人提供必要的急救，在救助过程中，施救行为对一般疏忽造成的伤害不担责。”

新的法律规定出台以后，深得民心。当记者采访科林时问道：“你以后遇见有人不小心摔倒，还会毫不犹豫地去搀扶吗？”

科林回答说：“如果法院按照一开始宣判的那样，我再次遇到这种情况，就不敢再过去帮忙。因为这次给我带来了不少麻烦，但是现在，政府把好人免责的条例放在了审判这类案件的首要位置上，让好心人在做好事的时候没有了后顾之忧，不会再让见义勇为的人流血后再流泪。我相信不仅仅是我，所有人都会在别人需要帮助的时候，义无反顾地伸出援助之手。”

“扶还是不扶？”很好奇这个看似简单的不用讨论的问题，为什么被人们郑重地提起。我想，是人心出问题了，还是社会出问题了，总有一样是出问题了。

向尊重致敬

崔修建

对人不尊敬，首先就是对自己的不尊敬。

——惠特曼

1899 年，俄罗斯著名画家列宾，第一次来到距离圣彼得堡仅有 40 公里的风光旖旎的芬兰湾，便深深迷恋上了这块有着天然油画色彩的土地。在那里生活了一个多月后，他越发喜欢上这块洋溢着艺术气息的风水宝地。于是，他毫不犹豫地买下芬兰湾岸边的一个庄园。庄园内有一栋三层的小木楼，附近是一湖清莹莹的碧水，四周则是茂密的橡树。列宾亲昵地给庄园命名为“别纳特”，俄语的意思是“老家”。

每天埋头绘画之余，列宾常常走出庄园，漫步于林中的幽深小径，倾听林间清脆的鸟鸣，嗅着橡树散发的清香，或者干脆坐在那些松软的树叶上，仔细地欣赏一只勤快的蜘蛛，怎样不辞辛苦地在树枝间编织一个漂亮的网，或者冲着那只迅急跑过的野兔欣然一笑。有时，他也会端坐在湖边，望着盈盈的湖水，细碎的阳光撒在肩头，温馨的风轻轻拂过，他的思绪会在一片沉浸的惬意中，悠然远去……

那绝对是一个静谧温馨的理想的居所。许多作家和文化名人也常常慕名前来别坎特庄园欢聚，像托尔斯泰、高尔基、叶赛宁、夏里亚平等人，都曾是庄园里的常客。

那是至今想来仍让人神往的一段好时光：一群才华横溢的艺术精英，怀着创作的热情和交往的真诚，聚拢在列宾的小木屋里，随意地坐着，站着，轻轻地走动着，壁炉里木拌子“噼噼啪啪”地燃烧着，桌上的咖啡飘着馨香，一个话题接着一个话题，轻松地交流，热烈地辩论，每一张脸上都洋溢着真诚与幸福。

有人说，列宾的“老家”是一个名副其实的艺术之家，是一个特别招人喜欢的艺术驿站。

然而，平静自由的日子，还是一度被战争的硝烟冲散了。1942 年，纳粹德军隆隆的装甲车冲入了芬兰湾，别坎特庄园也被占领了。率军进入庄园的德军上校冯·卡登是一个酷爱艺术的军官，很欣赏列宾的作品。他命令士兵仔细搜查庄园，期望能找到一张列宾的画作。然而，他失望了，庄园内有价值的东西已悉数转移。当摧毁已成习惯的纳粹士兵欲将庄园付之一炬时，冯·卡登上校果断地上前制止了他们。他对士兵说了这样一句话：“我们可以参观艺术家的居所，但没有权力毁坏它。”说完，他郑重地向小木屋敬了一个军礼，带着他的队伍向别处开拔。

因冯·卡登的一句话，别坎特庄园得以完好无损地保留下来。如今，那里已成为一个特别值得拜访的名人故居，每年都会接待许多来自世界各地的游客。每每听完讲解员介绍别坎特幸存的故事，总有游客情不自禁地对冯·卡登上校送上一份特别的敬意。

是的，冯·卡登上校对艺术家的尊重，正是对人类美好艺术的尊重。这样由衷的尊重，足以跨越民族、政治、信仰等鸿沟。这其中，闪耀的不只是一个人的艺术品位，更是一个人的精神境界。

数年后，站在当年冯·卡登上校敬礼的地方，我向他致以一个来自中国的普通游客真切的敬意。谢谢他，谢谢他不仅保住了一个艺术家的故居，也保护了我们无数心灵中那些柔软而温暖的东西。

尊重就像镜子一样，反映一个人的德行。尊重别人，尊重艺术，自然也会赢得尊重。

那些动人的风雅

阿　建

优雅比美丽更富有魅力。

——爱默生

在荷兰首都阿姆斯特丹的一个街角，我见过一位特别的艺人：他年轻，个子细高，西装革履，扎一条红色领带，皮鞋擦得锃亮。他身旁放着一只漂亮的长笛，却从未见他吹奏过一次。他端坐在阳光里，轻轻吹着一支耳熟的乡村口哨曲，一双灵巧的手，三下两下，便用麦秸编出一只形态有点儿夸张的蚂蚱。最让我惊讶的是，每编好一只蚂蚱，他都会给它起一个非常亲切的名字，仿佛它们都是自己心爱的孩子。

我将目睹的那一幕风雅讲给一位大学的同事，他说："在欧洲，我也经常会被一些风雅感动。"

同事在法兰克福大学讲学期间，结识了一位高龄的学生，她 71 岁了，是从保洁员的岗位上退休的。同事很惊讶，她居然走进他的课堂，饶有兴趣地听他讲中国古典文化，她认真地做笔记。课间，她问了他一连串问题，像一个喜欢刨根问底的小学生，对他讲的内容，她孜孜以求，似乎很多问题都想一探究竟。

同事耐心地一一解答了她的问题。她从兜里掏出一朵鲜艳的蔷薇花，送给同事："谢谢您，我从您生动的讲述里，闻到了淡淡的花香。"

瞬间，一股特别的感动，拥抱了同事。他讲了那么多年的课，第一次惊喜地听到有人说，从他的课里闻到了花的芳香。

与同事毗邻而居的布朗教授，是一位著名的化学家，也是一个心地特别善良的老头。

有一天，一个七八岁左右的小男孩，抱着一个金鱼缸，来向他求援。不知道什么原因，那三条金鱼突然打蔫了，好像生病了，不进食，也不愿意游动，一副可怜兮兮的样子。

布朗教授仔细观察了好半天，似乎也没能找到真正的原因。于是，他开始为鱼缸换了清水，又补了氧气，还拿来了金鱼最爱吃的食物，结果却依旧如故。

小男孩的眼睛流露出明显的失望："难道它们真的要死了吗？"

"也许它们只是累了，想换一个地方长长地睡一大觉，让它们在我这里休息一天，好吗？"布朗教授抚摸着小男孩的头，柔声地提了这个建议。小男孩很信任地放下了鱼缸，转身回家了。

第二天，小男孩早早地来敲布朗教授的门。他欢喜地看到三条金鱼正在鱼缸里活泼地游来游去。好像一觉醒来，它们又精神抖擞了。

小男孩开心地说："我跟妈妈说过，它们不会死的，我真的说对了。"

"孩子，你说得很对。"布朗教授面带微笑。其实，他第一眼就看出来了，那三条金鱼感染了一种很厉害的疾病，已无法疗治。但他没有说明，还煞有介事地那样忙碌一番，只是不想让小男孩伤心。他留下鱼缸，到市场偷偷换了三条一模一样大小的金鱼。

更让同事感到意外的是，布朗教授将那三条病死的金鱼埋到校园里的一棵樱桃树下后，双手合于胸前，口中念念有词，为它们默默祷告了一番，才起身去实验室。

布朗教授对小男孩的悉心抚慰，对金鱼生命的尊重，在细微之处，展示的正是知识分子的一种令人肃然起敬的风雅。

还是在荷兰，两个从打谷场归来的农民，踏着夕阳，在秋日柔软的田埂上，慢悠悠地走着。一个拍着另一个的肩膀说："兄弟，我们先去喝一杯咖啡，然后，我们坐火车去城里，欣赏一下那里的月光。"

劳碌后的农夫，喝一杯咖啡，已是十分风雅的事了，竟然还要搭乘火车，去城里欣赏一下别有风味的月色，更是令人惊叹的风雅啊。

没错，谁都可以活得风雅一些，都可以展示自己与众不同的风雅。风雅，也从来都不与年龄、身份、职业、教养等密切相关，而是与人的精神世界息息相通。一个人的风雅，正是其心灵纯净、品位优卓、境界脱俗的生动写照。有风雅润泽的生活，会多一份情致，多一份令人舒心的美好。而许多人的风雅，汇聚在一起，则能折射出一个民族、一个地域、一个时代特有的文化风貌和情趣。

风雅是一种气质，是一个人从内而外透露出来的淡定从容。这是经历好多事才磨炼的东西，这是岁月赠与的礼物。

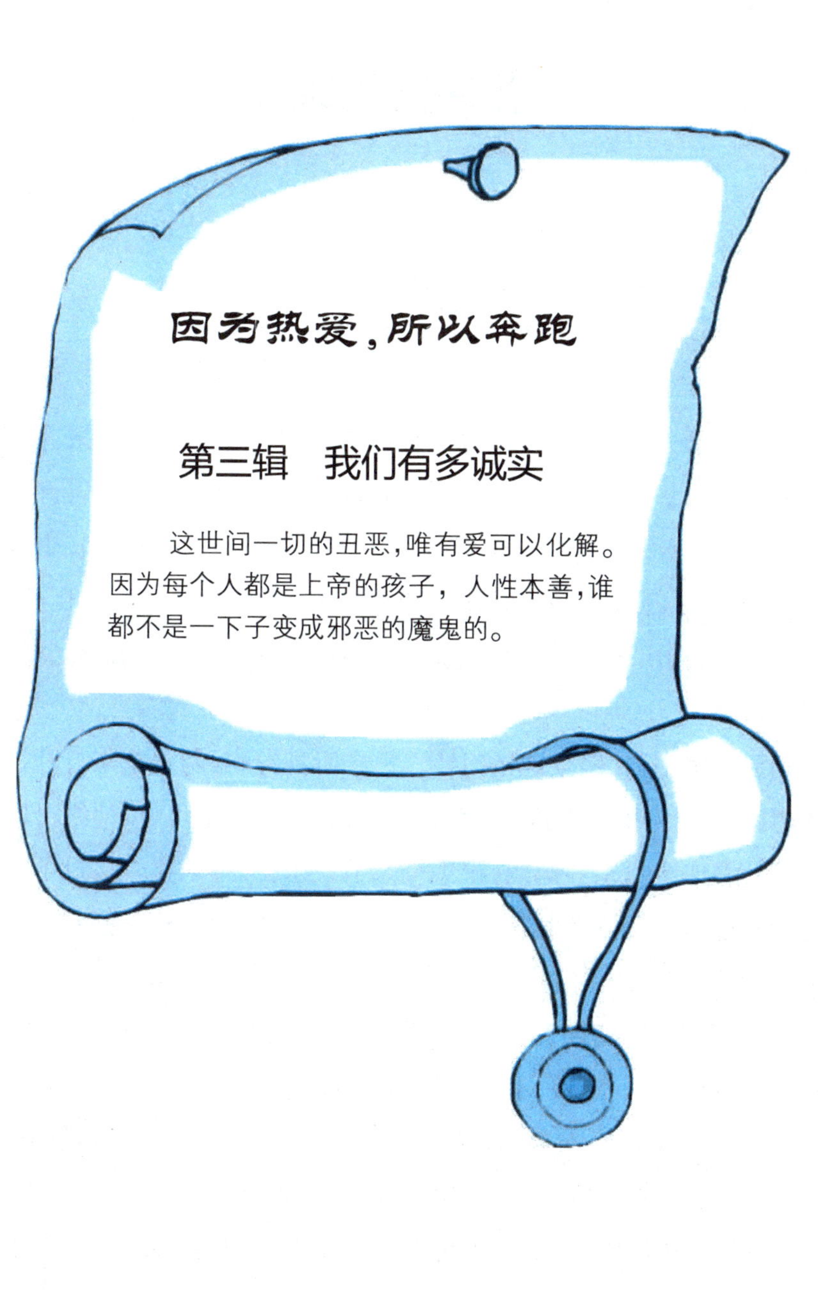

第三辑　我们有多诚实

这世间一切的丑恶，唯有爱可以化解。因为每个人都是上帝的孩子，人性本善，谁都不是一下子变成邪恶的魔鬼的。

花店的传统

凤　凰

知错就改，永远是不嫌迟的。

——莎士比亚

母亲节这天，汤姆坐飞机赶去华盛顿看望母亲。从机场出来，汤姆坐上了进城的公交车。快要到达母亲家的时候，汤姆看到了一家花店，许多人都在购买康乃馨。汤姆正要买一束康乃馨送给母亲，于是便下了车。走进花店，汤姆见老板很忙，于是便自己选了一束康乃馨，然后递给老板一百美元。老板收了钱，随后掏出 50 美元给了他。汤姆将钱放进口袋，拿着康乃馨便往母亲家走去。

汤姆到了家门口，轻轻地按门铃。母亲听到铃声，匆匆跑来打开了门，一看到汤姆就笑眯了眼。母亲天天都盼着汤姆回来，这下可好，他终于回来了。汤姆把康乃馨递给母亲："妈妈，祝您母亲节快乐！"母亲笑着接过了康乃馨，连忙让汤姆进屋。康乃馨很美，但母亲并不在乎它，她在乎的是汤姆。只要汤姆回来看她，即使他两手空空，她也非常开心，因为汤姆就是她最好的礼物。

由于汤姆回来得匆忙，只买了一束康乃馨，别的什么都没有买，于是他掏出钱包，准备给母亲一笔钱，不小心却将那 50 美元带了出来，掉在了地上。母亲见了，赶紧捡了起来。突然，母亲变了脸色："这是假钞！"一听是假钞，汤姆就生气了，这是刚才花店的老板找给他的！花店的老板真不是人，居然拿假钞来坑人！汤姆抓过假钞，就要去找花店的老板理论。母亲见了连忙把他拉住。

汤姆说："妈妈，虽然这钱不多，但他这么做是不对的，我不能便宜了他！您就让我去找他吧！"母亲却不肯放汤姆走，她说也许这是别人给老板的，老板也毫不知情，才顺手找给了他，并不是诚心要欺骗他。况且，现在花店正忙，去找老板理论，顾客们听了，肯定会转身就走，这样，会影响花店的生意。母亲是个善良的人，处处为别人着想，她说的也有道理，汤姆只好停下了脚步。

接着，母亲问汤姆是哪家花店。汤姆告诉母亲，宾夕法尼亚大街的多格鲜花店。母亲听了说："哦，是这家花店啊。孩子，我跟多格非常熟的，就让我去找他吧！我去找他，好说话。"汤姆点了点头，把假钞交给了母亲。他想，这事让母亲去找他，他肯定不会赖账。不过，汤姆还是叮嘱母亲，去找多格的时候，说话要注意点，别惹人家生气，否则，人家不承认，自己也拿他没有办法。

中午，吃过饭，汤姆午睡，母亲出了门。汤姆醒来时，母亲已经回来了。汤姆问母亲，假钞的事怎么样了。母亲告诉他，她去找多格了，多格给了她 50 美元。汤姆点了点头。母亲说："假钞是别人给多格的，他放在了口袋里，不小心给了你，后来，他发现假钞没了，非常着急，也不清楚找给了谁，还在门口贴了启事，希望得到假钞的人上门找他呢！"汤姆听了笑了，多格是好样的！

转眼间，十年就过去了。汤姆从佛罗里达州搬回了华盛顿，和母亲住在了一起。母亲节到了，汤姆去了多格鲜花店，当他选好康乃馨付钱的时候，多格却说不收钱。汤姆觉得很奇怪，他买了花，多格怎么不收他的钱呢？汤姆发现，大家都是选好了鲜花，拿着就走，没有一个人付钱给多格。太不可思议了！这到底是怎么一回事？卖花不收钱，那不是做赔本的买卖吗？于是，他向多格询问。

多格说："十年前，我收到一张 50 美元的假钞，结果不小心把它找给了别人，发现假钞不见后我一等再等，还贴出了启事，却没有人回来找我。为此，我心里十分不安，虽然我那是无心之举，但是我的无心之举却会伤害另一个人。后来，每年的母亲节，我都不收大家的花钱，我要永远记住这件事，吸取教训。

同时，我还希望，所有的人都能拒绝假钞，让假钞不再在市面上流通。”

原来，母亲并没有来找多格。原来，多格真的是好样的。汤姆告诉多格，他就是当年那个收到假钞的人。多格听了握住了他的手，请他原谅自己。汤姆说：“我早就原谅你了。以后，不要再这样送花了！”多格说只要花店还在，他就要一直送下去。汤姆点了点头，他知道，多格送出的是一束束致歉的鲜花，更是一束束善良的鲜花。然后，汤姆回了家，一回到家就提到了花店的故事。

母亲说：“我们这里的人，都知道送花的事。我找过多格，可他坚持要送，他说这是花店的传统。现在，我们这里根本没有假钞，人人都拒绝假钞，假钞根本没法流通。孩子，当年我并没有去找多格，我怕去了给他添麻烦。后来，我自己拿了 50 美元给你，是想让你知道，人世间还有真诚，还有信任。”汤姆点了点头。是的，人世间还有真诚，还有信任，花店的传统就是最好的证明。

无意中做错了事情，却要求自己用数十年的时间来弥补，人性的光辉再没有比这个更耀眼的了。如果每个人都有这样的品质，那真是善莫大焉！

谁的工作更重要

庞启帆

把一切平凡的事做好即不平凡，把一切简单的事做好即不简单。

——韩寒

我是伟大的利欧尼奥，马尼非可马戏团的驯狮员。马尼非可马戏团是世界上最著名的马戏团，而我，伟大的利欧尼奥，是世界上最著名的驯狮员。

马尼非可马戏团的名气这么大，是因为有我这个勇敢的驯狮员。当然，也因为它有令人叹为观止的高空秋千艺术、精彩的杂耍、漂亮的舞蹈演员、了不起的吃火人、惊人的大力士。还因为它有一个优秀的团长——伊迪阿杜·马尼非可先生。

遗憾的是，马尼非可马戏团的小丑并不怎么出名。虽然有人说，马尼非可马戏团的小丑表演是最好看的节目。

确实，小丑使许多人开怀大笑。但小丑最容易演了。想成为一个著名的小丑并不难。

我认为小丑并不有趣。驯狮员比小丑难多了。驯狮员也比小丑重要得多。人们不会来马戏团看小丑表演，他们可以在电视上看小丑表演。人们来马戏团是看狮子表演，人们来马戏团是看我——伟大的利欧尼奥。

马尼非可马戏团的小丑名叫利果。对一个小丑来说，这个名字可真够愚蠢的。我承认许多人对着他笑，但他们大多是小孩。

利果也是一个非常高傲的家伙。他认为他比我受欢迎得多。你能想象吗？他居然认为人们来马戏团是为了看他，而不是我。多么荒谬！每个人都知道伟大的利欧尼奥是马戏团的台柱子。

一天，利果对我说，他的小丑表演非常出色，所以他比我重要得多。

“好吧。”我对他说，“那我们就看看你能否做我的工作，我能否做你的工作。”

“好极了！”他答道，“我们就互换工作。我来做一晚驯狮员，你来做一晚小丑。让我们来瞧瞧谁做得更好。”

“同意！我就让你明白，你的工作比我的容易多了。谁都可以演小丑。”我说道。

“一言为定。我也让你知道，任何人都可以做驯狮员。而且，你最终会明白，实际上演小丑非常困难！”利果反击道。

我们决定一周后互换工作。我有一周时间做准备。我相信那会很容易。我所需要的只是穿上几件滑稽的衣服，假装跌倒，说几个笑话。但是，利果怎么可能在一周内学会驯狮？

一周后，挑战开始了。我首先登场。我一副小丑的行头，画一个大笑脸，戴一顶绿色的假发，穿一件橘色的外套和一双非常大的鞋。这太容易了。只听见主持人大声说道：“女士们，先生们！今晚，只有今晚！伟大的驯狮员利欧尼奥来演小丑！”观众顿时欢呼鼓掌。我走到表演场上。观众席上有好几百人。他们都噤声，等待着开怀大笑。我一上场，就故意跌了个跟头。几个孩子笑了起来。这太容易了。我站起来，开始讲笑话：“我的狗没有鼻子，它怎么嗅气味呢？哦，可怜的小狗！”

没有人笑。整个表演场都非常安静。我决定再讲一个笑话。

“我太太准备去加勒比海度假。但是，她却买了牙买加的机票。哦！她太蠢了！”

说完，我自个儿哈哈大笑起来。我认为这个笑话太好笑了。但我停下来时，发现没有一个观众在笑。整个表演场静得可怕。这时有人开始喊道：“滚！”我决定再跌跟头，人们喜欢这个。但这次没有人笑，而是多了几声“滚蛋”。然后咒骂声此起彼伏：“垃圾！”“这个小丑太差劲了！”“利果哪去了？”我们要看利果！“我们要利果来演小丑！”

接着，有人朝我扔烂番茄。我被砸中了头，迅速离场。

“还不错!”我自我安慰道,“不管怎样,还是有几个孩子笑了嘛!我相信利果会比我更糟!”

我听到主持人又开始报幕了:“女士们,先生们!今晚,只有今晚,小丑大师利果做一个驯狮员!”每个人都欢呼鼓掌起来。利果走到那个曾经是我站的位置,站在他面前的是那几只我驯教的狮子。他的穿着既像一个小丑,又像一个驯狮员。他把自己打扮成驯狮员,但实际上看上去既像小丑又像驯狮员!他在用这种方式取笑我!每个人都哈哈大笑起来,甚至连狮子也在笑。

人们疯狂地鼓掌,大喊:“利果,利果!你是最棒的!”

我气得七窍生烟。一个愚笨的小丑竟敢取笑我——伟大的利欧尼奥。接下来的驯狮表演,利果虽然算不上成功,但他在气势上已经明显压过了我。我更加恼怒。

演出结束后,我对利果说:“很好。既然你的表演这么出色,为什么下周不再来一次呢?”

“当然没问题!”利果爽快地答应了。

接下来的一周,我没有给狮子任何食物。饥饿的狮子会怎样呢?只能这样:在表演场上,当利果靠近它们时,它们就会发怒。

一周后,利果再次穿着既像小丑又像驯狮员的服装走上了表演场。我站在一旁,兴奋地等待“好戏”上演。

表演场上,几只饿疯了的狮子正瞪大眼睛看着利果。利果微微一笑,伸手指着我,对众狮说:“大餐!”

工作没有高低贵贱之分。那些看似平凡的岗位,其实都是社会不可或缺的进步的力量。只是令人惋惜的是,我们从小就被冠以畸形的成功观,这是教育缺失的地方。

与劫匪一起高歌

庞启帆

爱是生命的火焰,没有它,一切将变成黑夜。

——罗曼·罗兰

几年前的夏天,我和妻子朱迪斯以及我们两岁的女儿雷拉开着一辆小型野营车,在墨西哥的下加利福尼亚州的巴扎半岛旅行。在返回圣迭戈的前一晚,我们在海滨附近停车过夜。

半夜时分,朱迪斯猛地推醒我,大声叫我起床。迷迷糊糊中,我听到一阵喧哗声和撞击声。我光着身子跳了起来。我们的野营车被几个蒙面人围住了,他们正在猛烈敲打车窗。

我扑向驾驶座,发动引擎。野营车在整个旅途中已经顺利启动至少50次了。这一次,它却在响了几声后,熄火了。这时,我听到了玻璃破碎的声音,然后一只手从车窗外伸了进来。我再次转动钥匙时,一把枪顶住了我的脖子。

一个劫匪会说一点英语,他叫嚷道:"钱!钱!"枪仍然顶着我的脖子,我只好从司机座下面取出我的钱包,递给其中一个劫匪。我希望他们拿到钱就离开。但他们没有。

拿枪的那个劫匪从破窗口伸手进来打开了门,然后将我拖出车外。劫匪共有四个人:一个拿着枪,一个拿着一把生锈的杀猪刀,一个拿着一把大砍刀,一个空着双手。

拿枪的劫匪继续用枪顶着我的脖子,我被迫躺在地上。另外三个劫匪开始在车上乱翻,同时用西班牙语大声叫喊着。

我的脑海里开始出现强奸和谋杀的景象，但不知怎的，一会儿之后，一个新想法猛地把那些可怕的景象赶走了。他们也是上帝的孩子。我曾在公众面前多次宣称我以服务他人为乐。现在，这些人就在我面前！我看着那些劫匪，心中响起了一个声音："别害怕，他们不是强盗！他们是上帝的孩子！"

我对那个会说英语的劫匪说："嗨！你错过了最好的东西！在司机座下面有一部很好的相机。"

他奇怪地看了我一眼。朱迪斯和雷拉也惊奇地看着我。

那劫匪用西班牙语跟另一个劫匪"叽里咕噜"了几句，很快，他们在司机座下找到了我的索尼相机。

我爬起来，走过去从副驾驶位上拿起我的吉他，一边向他们展示一边说："很棒的吉他！"我拨了几下琴弦。"谁来弹一曲？嘿嘿……还有，索尼随身听、耳机、磁带！你们想要吗？"我想真正的美国人在紧要关头会放弃那些该放弃的东西。我努力在想我的所有物品中，他们最喜欢什么呢？

很快，我有了主意。我问道："你们想吃点什么吗？"

那个会说英语的劫匪向他的同伴翻译了我的话。然后，四双眼睛愕然地看着我打开了食物袋。我看见了一个漂亮的红苹果。"哇，多可口的苹果。"我拿起苹果，递给那个拿着大砍刀的劫匪。

虽然我们无法沟通，但我知道在不同的文化中，分享食物是一种交流的方式，友谊的信号，或者和平的传递。那个劫匪看着我手中的苹果，犹豫了一会儿，然后微笑了一下，接过了苹果。这一刻，我知道他已经放弃了我们刚见面时所扮演的角色。

我们已经送出礼物，并且与他们一起分享了食物。然而，吃饱之后，会英语的那个劫匪说，要我们跟他们一起驾车离开这儿。我们一家又回到了恐惧状态中。我无奈地说："好吧，我们跟你们走！但请你们不要伤害我们。"

我穿好衣服，爬上车后座，与朱迪斯和雷拉坐在一起。拿杀猪刀的那个劫匪扭转钥匙，启动引擎。见鬼，这次竟没有熄火。

大约半个小时后，车子驶进了沙漠地带。一路上我都在心中盘算，当车子接近人群时，我就踢开车门，把朱迪斯和雷拉推出车外。

车子不知行驶了多久，我突然问自己："如果我与朋友一起开车旅行，我会怎么做？"当然是唱歌啦！

我和朱迪斯、雷拉放声唱了起来："听，听，听我心中的歌。我永远不会忘记你，我永远不会抛弃你……"

雷拉的脸上一直挂着可爱的笑容。她吸引了两个劫匪的目光。好几次我看见他们努力地保持严肃的神色，仿佛在说："省省吧，孩子，别跟我们来这一套，我们可是劫匪。"但是，他们最终情不自禁地笑了起来。

我松了一口气，但我很快意识到他们并不懂我们所唱的歌的意思。我想了一会儿，灵感就冒出来了。

"卡塔那美拉，卡塔那美拉的姑娘啊……"

成功了。他们开始跟着高声唱了起来。这时，再也没有什么劫匪和受害人了。我们脚上踏着节拍，在夜晚的沙漠中一路高歌。

不知过了多久，我们进入了一个偏僻多山的村庄。车子在开进一条黑暗的土路后，突然停了下来。我和朱迪斯互相对视着，都猜想他们可能就要杀死我们。我们紧紧抱住了我们的女儿。

他们打开车门，下了车。我等着他们来拖我们下车，没想到他们竟跟我们说"再见"。然后，那个会说英语的劫匪说道："请原谅我们。我和我的同伴，我们是穷人。我们的父亲们没办法帮助我们。你知道，我们得挣钱，这是我们的法子。很抱歉，你是一个大好人，你的妻子和孩子也都很好。"

他一遍又一遍地道歉："你们是好人，请不要把我们当作坏人。"

他从口袋里掏出了我的钱包。"给你。"他把我的信用卡还给了我。"这个我们用不着，你最好拿着。"然后，他又把我的驾照还给了我。最后，在他的同伴惊讶的注视下他抽出了几张墨西哥纸币。"给你，你的车可能需要加点油。"

我像他的同伴一样诧异。好一会儿，我都没有接那几张钞票。

他微微一笑，把钞票塞到我手中，然后说：“再见。”

很快，他们消失在夜色中。我们一家三口紧紧拥抱在一起，哭了。

这世间一切的丑恶，唯有爱可以化解。因为每个人都是上帝的孩子，人性本善，谁都不是一下子变成邪恶的魔鬼的。

我们有多诚实

庞启帆

即使开始时，怀有敌意的人，只要自己抱有真实和诚实去接触，就一定能换来好意。

——池田大作

一个温暖的星期六下午，在阿根廷的首都布宜诺斯艾利斯市的巴勒莫公园内，38岁的管理员麦克罗·艾利斯正在例行巡查。这时他看到一张长椅上有一部手机，而长椅上空无一人。“肯定是某个粗心的人遗落了他的手机。”说着，他走过去拿起手机。就在这时，手机响了。艾利斯按下接听键。“是的，你的手机遗落在了巴勒莫公园。”他问手机另一头的女人，“你在哪儿？”

手机的主人告诉他，她在离巴勒莫公园五条街远的一个地方。艾利斯马上赶到她说的地方，把她遗失的手机归还她。

在世界的另一边，伦敦市索霍区的中央广场，另一部手机也被它的主人遗落在查理二世的雕像旁。在离查理二世雕像的不远处，一名身穿黑色夹克的三十多岁的男子正在用面包喂鸽子。等一队日本游客走过之后，他马上抓起手机，然后谨慎地看了一眼周围，就迅速离开广场，走上了拥挤的牛津大街。他没有拨打手机电话簿上的任何号码。从此手机的主人再也没有见过这部手机。

在匈牙利的首都布达佩斯，一名靠领养老金生活的老人伊尔迪克·朱华斯兹在购物中心的入口发现了另一部正在闹铃的手机。他捡起手机，跟失主通话，然后坐在一张长椅上耐心等候，直到失主来把它领回。“我归还我捡到的每一样东西。”伊尔迪克·朱华斯兹说，“有一次，我捡到了一张社会保障卡，我花了一周时间来寻找那张卡的主人，最终我找到了他，把卡归还给了他。”

这几个镜头中遗失手机的粗心人都不是公众市民，而是美国《读者文摘》进行的一个实验。

《读者文摘》分派记者到32个国家，在这些国家人口密度最大的城市的繁忙的公共场所故意“遗失”总共960部中等价格的手机（每个城市派出30部手机），以此来测试人们的诚实度。

在每一个国家，他们隐蔽在一个地方观察了30部手机的遭遇，然后拨打这些手机，看是否每一个人都接听电话，捡到手机后是否按照他们已经输进手机的预设号码打电话给他们，还是把手机归为己有。他们故意“遗失”的每一部手机都是带SIM卡的崭新的手机，如果发现者把手机归为己有，他们允许那部手机归他使用。

最后，他们根据收回手机的数量排列每个城市的诚信度。虽然这不是一个科学研究，但是可以映射出一个普通人的行为，当他们面对一笔意外之财时会做出怎样的选择？是想方设法归还它，还是自己保留它？

测试的结果，《读者文摘》一共收回了654部手机，占总数的68%。其中，在斯洛文尼亚的卢布尔雅那市收回的手机最多，达到了29部，因而卢布尔雅那市被称为世界上最诚实的城市。紧随其后的是加拿大的多伦多（28部）、韩国的首尔（27部）、瑞典的斯德哥尔摩（26部）、印度的孟买（24部）、美国的纽约（24部）。就连垫底的马来西亚的吉隆坡也收回了13部。这是一个令人振奋的数字。“尽管诸多媒体告诉我们，全世界人民的诚信度正在下滑。”美国加州大学心理学家保罗·艾克曼说，“但通过这个测试我们了解到了一个信息，那就是人们需要信任和被信任。”

诚实和信任，一直是人类发展不可缺少的优秀品质，诚实乃立身之本。信任一个人却又是将自己交给其他人。这种转换，才能获得更大的发展。

为了实现孩子的心愿

叶浅韵

孩子是祖国的花朵。

——俗语

来到宣威热水镇这个叫吉科的苗族聚居地，是跟随一支浩浩荡荡的队伍。他们都是公益志愿者，有来自曲靖的爱心妈妈团、越野 e 族、宣威彩虹爱心公益、宣威爱心食品等团队的朋友们，我不认识他们，却因一致的心愿和目标，我们走在了同一条路上。

事情的起因是这样的，一个叫杨丽萍的苗族小女孩去香港参加一个舞蹈大赛，一举拿下金奖，媒体跟踪报道她的母校珠江源头的吉科小学，然而令记者惊讶的是：校舍桌椅破旧，孩子们居然没有穿过校服，没有书包，用塑料袋子提着书本上学；两间简易的小茅厕，三百多个孩子排队拥挤；没有餐桌，露天底下孩子们抬着自己的大碗，欢快地吃着简单的午餐；还有一个身患癌症六年、依旧坚持站在讲台上的老师。

一条细窄的土路，通向红旗飘扬的山坡脚下，远远地看见“吉科学”这几个字，走近了才看见，残缺的“小”字已模糊脱落。穿着民族服装的小学生们三三两两地看着前来的陌生人，正在建设中的半尾子工程突兀地耸立着，室外居然没有一寸用水泥打过的地板。

曲靖的爱心妈妈殷女士是这次活动的发起者，她让孩子们写下自己的心愿，这些孩子的心愿如此简单，大到一套课外书，小到一块小小的橡皮擦。有一个 12 岁的小女孩说她想要一件新衣裳，因为她从来没有穿过一件新衣裳。

一个三年级的小男孩说，他一直用塑料袋子提书，他想要一个新书包，有了新书包，他的“书老师”就能安然躺在书包里，不再挨雨受淋了。

这些纯真简单的小心愿深深地打动了爱心人士，殷女士专门组织召开会议，逐一落实孩子们的心愿。短短的时间内她收到了来自全国各地的爱心捐赠，这是一件多么鼓舞人心的事啊！她说，曾有很多人愿意一个人出资，然而这种一次性的行为对整个社会群体爱心的唤起是无益的，她希望更多的人参与到其中来。我很认同殷女士的观点，这些年，社会的价值观已被金钱和利益糟蹋得面目全非了，那些正在消失的美德更需要被唤起、被激发、被光大。

李校长说，他 19 岁师范毕业被分配到这里时，他的姐夫赶着马车送他来学校，从早到晚足足走了 12 个小时，做饭时发现，柜子里的 10 个大碗，没有一个是好的，他当时的失望可想而知，可他却选择扎根在这里。22 年了，眼看着一个个孩子从自己身边出去，在各行各业都有自己的学生，可谓桃李芬芳、满园馨香。在一声声从“李老师”到“李校长”的称呼里，他付出了多少努力和汗水，只有他自己知道。在与我们说起往事时，他的眼泪一直在眼眶里打转儿，随即又灿烂地笑起来。正是这个师德高尚的老师，自筹了两万多块钱送小丽萍去参加舞蹈大赛，才让这个偏僻的小学在今天广为人知，才迎来了一拨又一拨的爱心人士。

到 9 月开学时，又一批孩子的小心愿将得到落实，学生们将穿上崭新的衣服在国旗下唱国歌，学校的操场、厕所、运动设施、危房改造、图书室建设，以及患病老师的救助都将分阶段得到落实，这个行动将会有一个更响亮的名字，叫“大爱珠江源”。

孩子是祖国的花朵。我们每一个人都该肩负起这种责任，那就是让所有孩子都平等地得到教育和爱。

外面的世界

代孔胜

人生莫惧少年贫。

——曾国藩

去西部旅行的时候，在一所乡村中学里待了许久。当裹着军绿棉大衣的校长通过谈话得知我是一位城里的文化工作者时，兴奋得眼冒金光。

他“啪嗒啪嗒”地抽着旱烟，顿了一会儿，吞吞吐吐地说：“李老师，你看……你看……能不能给山里的孩子……嗯，就是上几节课……”

第二天，我在寒风嗖嗖的教室里给陌生的孩子们上了第一堂课——外面的世界。

坑坑洼洼的黑板上工工整整地写着一排字，“欢迎城里作家李老师到此讲课”。教室里坐满了灰头土脸的孩子。木工房的老头来了，校长来了，有的学生家长也来了，一群人恭恭敬敬地站在教室后面。

没有电视机，没有投影仪，更没有电脑。因此，我的解说变得越来越苍白。为了让孩子们更清楚地了解外面的世界，课至中途，我拉开摇晃的木门，呼哧呼哧地朝我的小屋跑去。

当我抱着相机和 DV 重新回到教室的时候，孩子们都不约而同地站了起来："老师，老师，那是什么？"

我把相机和 DV 都打开了，并告诉他们，如何查看下一张照片，如何播放下一段录像。

"安静！安静！现在我把相机和 DV 都发下去，大家不要争，不要吵。记住，每人 30 秒，看完就赶紧向后传！"

我刚把相机和 DV 递到前排学生的手里，教室里就炸开了锅。学生们从课桌上跳过来，从过道里跑出来，肩挤着肩，头挨着头，把相机和 DV 团团围在了中间。

校长知道这两样东西都不是便宜货，因此，紧张得不行。我还没开口，他就扯着嗓门儿喊开了："秩序！秩序！拿东西的同学注意了，千万要小心，别给弄坏了！"

我微笑着摆摆手，示意校长不要阻拦他们。我知道此刻的孩子们听不到半点声音。他们正沉醉在新奇的世界里。那是我一路走来的风景，一路拍下的城市。

对着光亮的屏幕，他们时不时发出一阵阵呼声。那是他们从来都没有看过的世界，有璀璨夺目的聚光灯，有参天林立的高楼，有宽阔舒展的柏油路，也有车水马龙的立交桥。

"让我按一下！让我按一下！"播着录像的 DV 在孩子们的小手里传来传去。

DV 落地的声音，像尖锐的利刃，迫使孩子们瞬间安静。他们看看被摔成两半的 DV，一动不动，满脸惊惶地瞅着我。

校长怒了，上前就给失手甩出DV的孩子一巴掌。15岁的小男孩，在冬日的教室里，簌簌地落起泪来。

我上前捡起DV，故作从容地说："哎，小事儿，以前经常这样呢！要是有强力胶的话，我马上就可以把它修好。没事儿，没事儿！"

那个被打的孩子，整整一个早上都没说话。

下午，我和校长说了很多很多，其中有一部分是关于教育的。我把那些先进的教育理念告诉他，无非是想让他明白，责打和怒骂这种传统的错误方式，根本改变不了孩子的命运。

第二天，校长没有经过我的同意，就私自赶着马车把我的DV带去了镇里。寒风大雪，迷蒙的山路像一条条蜿蜒的河流。

第四天，他终于回来了。顶着青灰色的大毡帽，摇摇晃晃地坐在马车上。

"李老师，真是对不起，我把镇上都跑遍了，还是修不好这个东西……"他一面神情沮丧地说着，一面从怀里捧出热乎乎的DV。

山里的土郎中说，校长因为长途跋涉，体力不支，感染了风寒。我领着孩子们去看他的时候，他正满头大汗地躺在床上呻吟。

他伸手摸了摸那天被他打过的那个小男孩："小虎，恨我不？"

只是一句话，小虎就哭了。

起初，我不明白小虎为什么要哭。后来，有个脸颊泛着高原红的小姑娘告诉我，虎子的爹很早以前就死了，孤儿寡母，相依为命。每年开春播种，金秋收成，都是校长带着村里的几条汉子前去操持那几亩薄地。他们家的玉米是校长用马车驮到镇上叫卖的，他们家的鸡蛋是校长掏钱买的，他的学费的一半是校长给垫付的……

15岁的小虎，手心里全是老茧，手背上全是冻疮。他可以顶住严寒酷暑，可以顶住刀刺蛇咬，却无法挡住这深情的一问。

小虎怎么会恨他呢？在小虎心里，他也许就是一位慈祥而又严肃的父亲。

校长躺在床上，见气氛太过沉闷，便打趣地说：“孩子们，要是我哪天不行了，你们可得好好读书啊，再怎么说，也要带我去外面的世界看看嘛！”

离别那天，校长非得用马车把我送到镇上。很多孩子都哭了。校长站在马车上，挥着鞭子说：“傻娃子们，哭什么？好好读书，等长大了就可以去城里看李老师了嘛！”“嗯，去城里，到时候带上校长一起去！”小虎站在人群前面说。

“好，带上我，带上我……”校长一面嘀咕，一面回过身来狠狠地把鞭子朝马背上挥去。马儿嘶鸣，马儿狂跑。漫漫的黄沙里，我隐约看到有两股幽幽的清泉从校长的脸上慢慢淌了下来。

少年智则国智，少年强则国强。可是在一些偏远山区，依然有那么多孩子没有饭吃，没有学上。这是亟须解决的问题。愿我们每个人都心存善念，愿每个孩子都能成才。

野马情缘

庞启帆

人间如果没有爱，太阳也会灭。

——雨果

弗吉尼亚的冬天真是太冷了，阿萨提格岛上空的云朵仿佛都已冰冻了。我和祖父咒骂着从车上跳下来。

“野马在哪里？”我哆嗦着问。

“会见到的，孩子。”祖父边说边把他的消防斧头递给我。祖父是辛科提格志愿消防队的队长。

“拿斧头来干什么？”我问祖父。

“在池塘的冰面上劈个洞出来，给马饮水。马得喝淡水。”祖父一边回答我，一边从卡车上拖了两个装满干草的饲料袋子下来。

我点点头，跟着祖父越过灯芯草地以及已经结冰的沼泽地。整个岛都静悄悄的，偶尔一股风吹来，夹杂着海水的味道。

“看这儿。”突然，祖父脱下手套，指着一棵老树的树皮说，“这是一棵有擦痕的树。”我抚摸那擦痕，想象着强壮的野马靠着树木搔痒的情景。

“你认为我会有足够的钱在拍卖会上买到一匹野马吗？”我问。祖父笑了。

“你有六个月的时间来攒钱。”他眨着眼睛说。我们继续往前走，经过了一大片野葡萄藤和铁线草。突然，一个响鼻儿打破了阿萨提格岛的宁静。我吓了一大跳。

“野马。”我低声道。祖父点点头。我们在冰冻的池塘面上止住脚步。“劈开冰面。”祖父对我说。我使劲儿地抡起了斧头，不一会儿，水冒了出来。这时，再次传来了一个喷鼻声，然后是一声马嘶声，最后是几声马嘶声，整个岛似乎都震动了。八匹野马疾跑而来，身姿是那么优美。我屏住呼吸，呆呆地看着它们。

祖父急忙打开一袋干草，倒在池塘边的地面上。“过来吃吧，马儿。”他轻轻地呼唤道。

为了不影响野马过来吃干草，我们继续往前走。几分钟后，我们的脸和鼻子已经被冻得麻木了。经过几棵树时，我们猛然止住了脚步。“这是什么？”我注视着地面问。

“冻僵的野马。”祖父说，悲伤的表情浮上了他的脸。一匹高大的野马僵硬地卧在地上，丝一般的鬃毛垂下来盖着紧闭的眼睛。祖父慢慢弯下腰。“一匹母马。”他轻轻地说。

“它死了吗？”我颤抖着低声问。

祖父点点头，我的泪水霎时涌了上来。“可怜的马！”我哽咽着说，伸手去抚摸它头部火红的鬃毛。马的鼻孔突然发出一点声息。我的心急速跳动起来。

“它还活着！”我惊呼道。

“奄奄一息了。”祖父说。我看见他的手在颤抖。他打开第二袋干草，倒在地上，然后把袋子塞进他的裤兜。“把斧头留下，”他说，“我们把马抬到车上去。”

我赶紧把消防斧藏到了一棵树上。祖父深吸了一口气，然后弯腰，抱起马的前身，我抓住后腿。就这样，我们半扛半拖着那匹奄奄一息的母野马，一路往回走。

回到我们的车旁，我觉得我的双手累得几乎要断了。祖父喘着粗气打开车的后门，然后我们把马抬上了车。

“这家伙真够沉的。”祖父说。我点点头，然后爬上车，坐在马的旁边。在回消防站的路上，我给马盖上一条旧毯子，抚摸它的鼻子，跟它说话。

“你会好起来的。”我说，“我和爷爷会好好照顾你。”冻僵的马只是用无神的眼睛看着我，一动不动。但我坚持在它耳边轻轻地说话。

回到消防站时，野马似乎已经认识了我。它的眼睛亮起了光芒，心跳已差不多恢复正常。几个消防员把它抬下车。

“哦，我敢打赌它快要生小马了。”当大家都围在它身边时，一个消防员说。

果真这样，初春的一天，在消防站，母野马生下了一匹小野马。这个时候，它的名字不再叫冻僵的马，而是叫火焰，因为它头部火红的鬃毛就像火焰一样。火焰的孩子的头部则有一束白色的鬃毛，长长地垂下来，像一根冰柱。“我们就把小马叫作冰柱吧。”我说。

三个月后，初夏的阿萨提格岛的上空飘浮着一朵朵白云。我和祖父再次来到了这个地方。我们一起走到车后面，给火焰和冰柱打开后门。

“再见，火焰！再见，冰柱！”我亲吻着母子俩头部的鬃毛说。

它们看着我，眼睛里充满了依恋，然后，它们一起飞跑了起来。我的双眼霎时涌出了泪水，心刀割般地疼痛。不一会儿，火焰和冰柱就消失在了我和祖父的视线之外。许久，祖父转身笑着对我说：“我们得去找我们的消防斧了。”

我深吸了一口气,问祖父:“你认为我会有足够的钱在拍卖会上买到一匹野马吗?”

祖父哈哈大笑起来。“你还有六天时间来攒钱。”他眨着眼睛说。

我们按原来的路线走到那棵树下,找到了那把已经生锈的消防斧。这是我们发现火焰的地点。“还记得吗?”我颤抖着问。祖父点点头。然后我们就默默站在当初火焰躺着的地方。

突然,一个响鼻儿打破了宁静。“野马!”我低呼道。说话间,又响起了一个响鼻声,然后是一声马嘶声,接着是几声马嘶声,最后整个岛似乎都在震动。

十几匹野马飞奔而来,长长的鬃毛迎着风恣意飞扬。我的呼吸霎时停住了。我在它们当中看见了冰柱和火焰。它们看了我一眼,同时长嘶一声,然后和其他的野马一起隐没在树林中。

人类与自然的高度和谐,是像朋友那样互帮互助。这种感人的画面,希望不要只在某种纪录片里出现!

不只是为了一只鹈鹕

庞启帆

人应尊敬他自己，并应自视能配得上最高尚的东西。

——黑格尔

船靠岸后，我和儿子朱诺结束了在萨克拉门托河上一天的钓鱼活动。

一周前，我和朱诺发现了一处安静的钓鱼地点。那里不但安静，而且水流非常适合捕捞条纹鲈鱼。

那天风起时，我们已经钓鱼几个小时。河面在风中开始波涛汹涌，一艘艘小船从我们身边经过，驶向码头。

一艘大渔船的主人看到我们停在高高的杂草中，放慢了速度。然后他调转船头，驶进了我们的水域。令我意外的是，他在离我们20码的水面就抛锚了。然后我看见他向河里扔下10~15罐开了盖的狗食。很明显，他这样做是违法的。几分钟后，他就钓到了一条大鱼。

他再次上好鱼饵，站起来，甩出钓鱼线。这时，鱼饵从鱼钩上脱落，掉进了河里。不知从什么地方飞出来的，一只巨大的鹈鹕突然俯冲下来，叼起了鱼饵。

大船上的男子在鱼钩上上好鱼饵，再次甩出了他的鱼线。那只鹈鹕在鱼饵沉下水之前咬住了它。男子猛地收回渔竿，鱼钩钩住了鹈鹕的嘴。鹈鹕在男子把它拉回他的渔船时，扑打着翅膀抗争着。但一切都是徒劳，鹈鹕被慢慢拉离了水面。

“浑蛋，你在干什么？”我大声质问那个男子。

他一言不发，只顾把那只惊恐的鸟儿拉回他的船。

我看着他与那只鹈鹕对峙。他腾出一只手，从身边的工具箱里拿出一把刀子。我以为他要砍断鱼线，所以我继续一言不发地看着他。突然，他抓住鹈鹕的脖子，把它的身体翻转过来。

“你要干什么？”我厉声喝道。

“这狗杂种不吃别人的鱼饵，偏吃我的。我要砍掉它这该死的鸟嘴。”

我抓起我的信号枪，把一颗子弹塞进枪管，然后指着他的船。

“把那只鹈鹕放进水里，我的意思是立刻。”

男子停下手中的动作，盯着我。但他并没有放掉鹈鹕的意思。

“你准备用那该死的东西来做什么？对付我吗？”他吼叫道。

我回头看儿子。他的眼睛睁得像一只茶碟那么大，脸上满是惊恐。

“儿子，打开无线电，呼叫海岸警卫队。”我告诉他。

但朱诺只是站在那里，一动也不动。他已经被这突如其来的情况吓呆了。

“我的意思是，如果你再动那只鹈鹕，我就立刻把这东西射进你的油箱。”我告诉那男人，然后扬了扬手中的信号枪。

我死盯着他。那个高大的男人站起来，面对着我。

“我的意思是，我会把这东西射出去。”我再次警告他。

他站在那里好几秒，然后弯下腰，又抓住了那只鹈鹕的脖子。我扳起信号枪的扳机，瞄准了他的船。

突然，男子把鹈鹕扔下他的船，盯着我看了一会儿，然后转身走到船头，发动了发动机，收起船锚。

我和朱诺看见他对我们竖起了中指，然后开动了他的船。

“爸爸，你会用这信号枪射那人吗？”

“我不知道，儿子。我真的不知道。”

那只鹈鹕绕着我们的船游了大约 30 分钟，然后飞上了船尾。当那只大鸟跳到船后座，开始吃我们用作鱼饵的凤尾鱼时，朱诺兴奋地叫了起来。

我们哈哈大笑起来。我打开冰袋，拿出一条小鱼引诱鹈鹕。令人惊奇的是，那只鹈鹕并不害怕我们。我把整包凤尾鱼交给朱诺，然后坐下来看他喂那只鹈鹕。15 分钟后，我站起来。那只鹈鹕飞上船舷，然后飞离了船。

看到那只鹈鹕几乎飞在离我们 3 英里高的上空，我几乎不敢相信自己的眼睛。当我们启动我们的船，鹈鹕发出了几声响亮的叫声，身体翻转着，然后越飞越高。我和朱诺看着它渐渐消失在远方。

雨最终没有下，风也停了，但朱诺脸上的笑容回到家也还没消失。

任何生命都是平等的，哪怕是鸟类也一样。我们应当有这样的爱心和觉悟，在这些生灵受到伤害的时候，勇敢地站出来加以阻止。如果整个社会都有了这样的意识，那该有多好。

难逃两张网

程　刚

兵者，诡道也。

——孙武

南美洲热带雨林中有一种身体只有蚂蚁大小的红蜘蛛，它们成千上万只生活在一起，共同织网，合作狩猎，共同分享食物。

平时，红蜘蛛把网建在树上。开始建网时，一部分从上往下织，另一部分从下往上织，几天的工夫，一个巨大的天网便完成了。如此巨大的网，昆虫一旦被网住，根本别想逃脱，众多蜘蛛会一哄而上，从吐丝器里喷出黏性液体，将昆虫五花大绑，然后把毒液注进其体内，昆虫很快便会一命呜呼，然后开始分享这顿大餐。

有一个现象特别值得研究，就是这张完整的大网上总会有许多漏洞，按理说，这些蜘蛛织网应该是天衣无缝，只有这样，才能提高捕猎的概率，可为什么如此巨大的网上有这么多漏洞呢？原来，这种漏洞是用来捕鸟的，是红蜘蛛故意留下来的。

有些鸟类撞网后，由于它们力量很大，便会挣扎破网逃脱。按理说，漏洞出来后红蜘蛛应该迅速填补，可聪明的它们却没有这样做。因为鸟类遭此劫难后，再次经过这里时会倍加小心，当它们看见雪白的织网有漏洞时，便会从漏洞钻过去。红蜘蛛正是看透了鸟类的这些想法，当鸟类第一次撞网逃脱产生警觉后，它们便留出漏洞，并在这个网后面大约一米远的地方，在树叶的掩盖下再织一张网，可怜的鸟儿钻过了第一张网的漏洞，却没有想到还有第二张隐藏着的网等着它，它们被另一张网粘住后，红蜘蛛便会蜂拥而上向其体内注入毒液……就这样，可怜的鸟儿成了红蜘蛛的猎物。

红蜘蛛合力织网，向我们昭示了团结就是力量的道理，而它们留下漏洞捕鸟的行为则向我们展示了其聪明的一面。人类应该以此为鉴，我们倡导团结，强化力量战胜一切敌人，但如果能在其中加入智慧的元素，这种团结就是完美的团结。

团结的力量是伟大的，不光可以用来克制敌人，也是必备的生存技能。大自然真的很奇妙，不是吗？

塔兰托毒蛛的勇气

小　刚

包括懦夫在内的任何人都可以发动战争，但要结束战争却需得到胜利者的同意。

——萨卢斯特

美国西部、南美洲和欧洲南部栖息着一种奇特的蜘蛛，叫塔兰托毒蛛，与其他蜘蛛不同，它天生不会结网，自然就不会通过蛛网而捕食昆虫。那么，它靠什么来填饱肚子呢？靠的是搏斗。任何一种生物，都可以成为它猎取的目标，遇到猎物时，它会猛地扑上去，然后从体内射出一股强烈的毒液，使猎物身体慢慢溶解，然后再吮吸，据说，这种毒蛛用一天半的时间便可吃光半只鼠。

尽管塔兰托毒蛛有巨毒液，但它毕竟是一只蜘蛛，不是动物界中的强手，因此，许多时候与猎物搏斗，它反会被打得遍体鳞伤，老老实实地躺在那里，任由猎物摆弄至奄奄一息。

人们不禁要问,这种斗败的蜘蛛,伤得已经非常重,根本再没有进食的力气,它是怎么活下来的呢? 这也正是塔兰托毒蛛身体的奥妙所在。原来,这种蜘蛛有超强的忍耐饥饿的能力,即使 2 年不吃东西,7 个月不喝水,也不会饿死、渴死。因此,它勇敢地与猎物搏斗时,只要不死,哪怕被打得不能再动,它就会趴在那里一动不动,数月不进食,直到把伤养好以后,再开始活动,然后依然凶猛地与猎物搏斗。

塔兰托毒蛛这种勇敢值得人类思考。许多时候,我们需要一往无前的勇气与强敌过招,但这种勇气的背后,必须有一种超强的本领作支撑,否则,我们没有与之抗衡的资本。

为了生存,人类往往会爆发出超强的力量。动物也是如此,原来生存是如此的残酷,可也正是因为有了这些斗争,才使自然界和谐发展!

喝水节

凤　凰

世界上最后一滴水，将是人类的眼泪。

——谚语

外星人装扮成地球人的样子，偷偷地来到了江河市。外星人刚一走进江河市就吃了一惊，他看到所有的人都往一个方向跑。这是干什么啊？发生大事了？外星人跟着大家跑。人们来到了市中心的广场，按照先来后到的顺序排起了一列一列的长队。

看到人们排队，外星人也主动加入了队伍。外星人然后向四处看了看，密密麻麻都是人，他还发现所有的人手里都拿着一个小瓶子。外星人更加迷惑，人们这是干什么啊？外星人拍拍前面的那个男人的肩膀。男人回了头，看一眼外星人说："你干啥？"

外星人赶紧笑眯眯地说："大哥，问你个事，大家排队干什么啊？"男人上上下下打量了一下外星人，说："你是外星人吧？"外星人点点头说："是！大哥，你别跟别人说我是外星人！"男人说："怪不得你不知道。今天是4月1日，是我们市的喝水节。每个月的1日都是我们市的喝水节。今天政府给大家发水，所有的人都来领水！"

外星人眨了一下眼睛："你说什么？领水？"男人说："是啊！虽说我们这是江河市，有江也有河，可是江啊河啊早就没水了，地下水都抽光了，政府早在几年前就开始给大家发水了。"

外星人不解地问："可是你们怎么拿这么小的瓶子来领水啊？"男人笑着

说:“不拿小瓶子拿什么?拿桶吗?拿桶领水,那已经是三年前的事了。去年一人发一大瓶水,现在一人只发一杯水了,所以拿这小瓶子就足够了!”男人说着向外星人扬了扬手中的小瓶子。

外星人更不解了:“这么一点水,一口就喝光了,怎么够一个月喝啊?”男人说:“当然够一个月喝!要是不够,那大家早就渴死了!”外星人很吃惊,地球人一个月只喝一杯水,太厉害了!

外星人又问:“可是你们做饭洗衣服什么的怎么办啊?”男人说:“这你就不懂了,我们的饭不用煮,也不用蒸,烘烤着来吃,特别好吃。洗衣服都干洗,洗澡也干洗,总之,想洗的东西,都干洗,不用水,只用空气!”外星人说:“我明白了。怪不得地球上空到处都是灰尘,原来是干洗制造的。要是有一天空气中全都是灰尘怎么办啊?”男人说:“这政府都不知道的事,我就更不知道了!”

外星人叹息不已,还想跟男人说点什么,可是男人却将头转了回去,向前移动。外星人走出队伍,走出广场。

第二天,外星人来到了江水市。外星人看到所有的人都像江河市的人一样往一个方向跑。外星人想,他们也是去领水吗?外星人跟着大家跑。人们来到了市中心的广场,按照先来后到的顺序排起了一列一列的长队。

外星人正不知道该不该加入队伍的时候,突然有了把他拉进了队伍。外星人一看,拉他的是昨天跟他交谈的那个男人。外星人说:“这排队是领水吗?”男人说:“是啊!要不是领水,这么多人排队干啥呢?”外星人不由吃了一惊:“你不是江河市的人吗?怎么跑到江水市来领水?”男人说:“你以为这广场上的人都是江水市的人吗?不,有一半都是外地人,有江河市的,也有河水市的,总之,能来的外地人都来了!”

外星人吃惊地问:“外地人来也能领水?”男人说:“能!不过只能领半杯水!半杯水也是水,能领到水就好啊!”外星人说:“那我能领到水吗?”男人说:“当然能啊!不过你没有瓶子,你拿什么装水呢?”外星人说:“我去买个瓶子来装水!”男人说:“这样的瓶子买不到!这瓶子是政府发的,一人一个!”外星人听了只好走出了队伍。

第三天，外星人来到了河水市。外星人看到所有的人都像江河市的人一样往一个方向跑。外星人想，他们也是去领水吗？外星人跟着大家跑。人们来到了市中心的广场，按照先来后到的顺序排起了一列一列的长队。

外星人想，今天不会又看到那个男人吧？没想到，外星人一列一列地看过去，他居然真的看到了那个男人。外星人走过去，男人看到他，把他拉进了队伍。男人说："你是不是急着想要水？"外星人说："我不要水，我就是来看看！今天也是喝水节吗？"男人说："是啊！每座城市都有喝水节，每座城市的喝水节都不同，比如江河市是每月的 1 日，而江水市则是每月的 2 日，河水市则是每月的 3 日，水水市是每月的 4 日，一年 365 天……天天都是喝水节。"

外星人说："这么说你天天都在领水，是吗？"男人说："是啊！"外星人奇怪地问："那你不工作吗？"男人说："我在工作啊！领水就是我的工作！钱啊珠宝什么的都不再是财富，只有水才是真正的财富！"

外星人吃了一惊，他说："为了半瓶水四处奔走，你真辛苦啊！"男人说："不辛苦！不辛苦！水是生命，有了水，才能活着！"

外星人说："为了半瓶水，你天天四处奔走，要是哪一天政府不发水了，你不就完了？"男人笑着说："你就放心好了，我不会完了的，所有的地球人都不会完了。地球人永远都有水……"

外星人一惊，盯着男人问："永远都有水？这怎么可能呢？"男人说："我们大家领来的水都没有喝，都存在家里，当然就永远都有水！我的家里已经有 10 桶水了，那是我最大的财富！"

外星人大为不解："你们领来的水都没喝？不喝水为什么还来领水？"男人说："只要政府有水，就会发水。只要发水，大家都会来领水。领到了水，大家看着水，心里就踏实啊！我已经有一年没喝一滴水了，可是当我看到政府发水的时候，我就觉得自己喝了一桶水，就一点都不觉得渴了。所有的人都是这样，所以大家都将发水节说成是喝水节。将来政府不发水了，我就只能看家里的水了。家里的水越多，看着它，我就觉得自己喝的水越多，就越不会渴，就不用喝一滴水！那样，我的水就会一直存着，我就一直不用喝水也能好好地活着！”男人说完后兴奋不已，他为自己不用喝水也能好好活着感到特别幸福。

外星人松了一口气，原来地球人因为缺水多年早已修炼到了不用喝水、只需要看着水就能解渴的境界。可是，外星人还是为地球人感到悲哀，因为看着水却喝不到真正的水，也不敢喝下那真正的水，那心里该多难受啊！

想起曾经的罗布泊，那是一片充满生机的绿洲，后来，就消失了；失去了水，我们还能活吗？

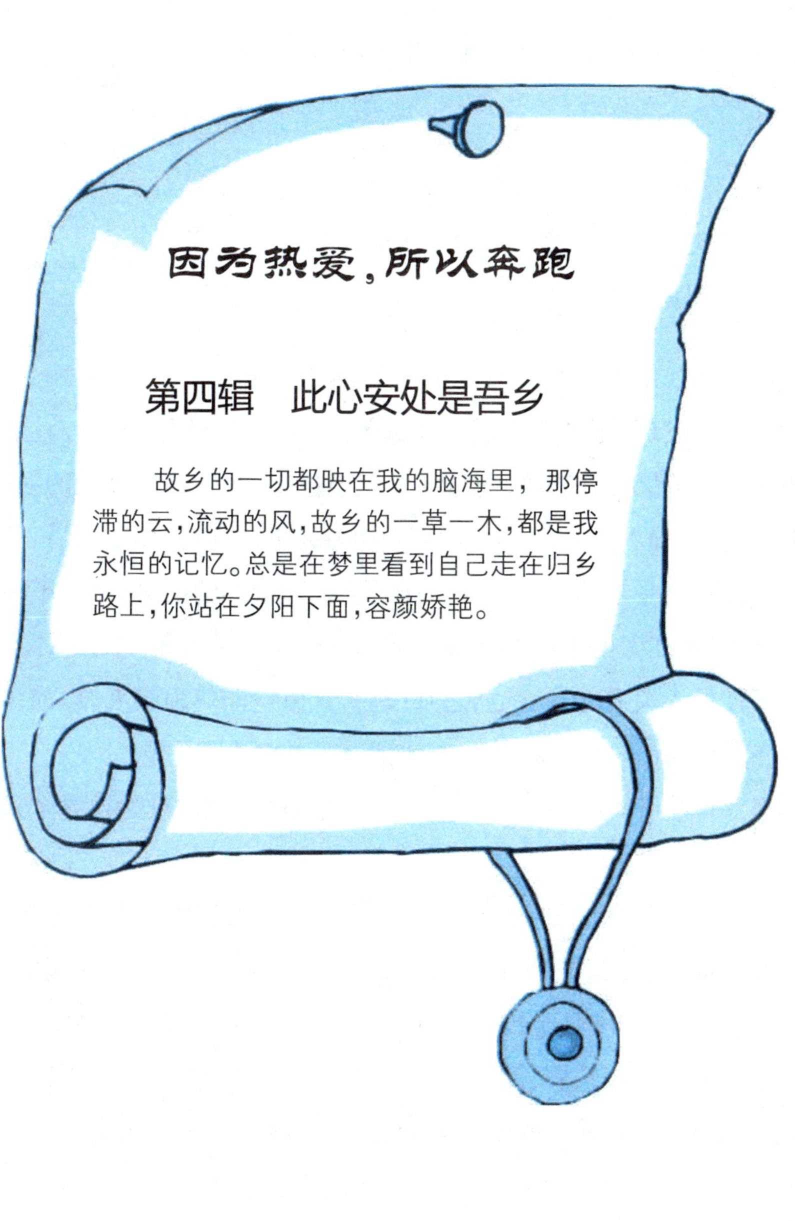

第四辑　此心安处是吾乡

故乡的一切都映在我的脑海里，那停滞的云，流动的风，故乡的一草一木，都是我永恒的记忆。总是在梦里看到自己走在归乡路上，你站在夕阳下面，容颜娇艳。

恰似丽江秋水

叶浅韵

旅行对我来说，是恢复青春活力的源泉。

——安徒生

我对于丽江最生动的认识，是从“一米阳光”开始。

我新奇地发现，阳光原来也有计量单位，可以用“米”来丈量。这个发现，勾起我童年的记忆。那时，阳光从窗缝里射进来，像一条条金色的射线，刺落到地板上。我静静看着它们，伸出小手，却怎么也抓不住。多年以后，到了丽江我才知道，那是“一米阳光”，或“一束阳光”。这精准的叫法，叫红了一部电视剧，也叫红了丽江大大小小的客栈酒吧。

当丽江成为浪漫之旅、艳遇之都以后，这里空前热闹起来。以前多少以为这是炒作，可当我走进这座古城时，才知道我有多么迷恋它。

这里深埋着什么宝藏？让人们不远万里慕名而来，只为找寻个人心中的宝贝。

从丽江头顶不断变幻的彩云开始，从玉龙雪山的雄伟圣洁说起，到雪山脚下宽阔的草地上，那些无名的野花与短松，再到古城里涓涓流淌的清溪、琳琅满目的店铺，无一不是至极的美好。每去一次，总想着什么时候还会再来。

仍记得那年国庆长假，丽江，成了我的首选。几家人相约，不顾客栈要价高昂，不顾道路拥挤，就这样带着美丽的心情，踏上了黄金之旅。

大丽线不够宽敞的公路上，汽车像水流一样拥挤，省内外的牌照穿梭一路，奔向那个心中向往的地方。不断仰望天上的云彩，它们变幻着身姿，仿佛一场演出盛会,迎接八方游客。有的像舞蹈着的流云,从山那边,一路迤逦而来,一番欢舞之后,阳光仿佛领舞者一般,从彩云之间轻轻穿过。一会儿,乌云来了,洒下一阵清凉小雨;一会儿,太阳又露出了笑脸……哭笑欢闹只在弹指间。我为自己发现了天空上演的"舞剧"暗暗自得,直到路标上那些"彩云、祥云"的地名提醒了我,这样美的景致,早已镌刻在古人的心里梦里了。

古城里人头攒动,这里深埋着什么宝藏?人们不远万里慕名而来,只为找寻个人心中的宝贝。也许,那是一条心仪的披肩;也许,那是一种自由的心境;也许,那是一次邂逅地等待……光滑的石板路面,已被光阴的手轻抚过多少回,被游客的脚摩擦过多少回?我们缓缓走在古城的气韵里,忘了目的地在哪儿,时间蓦然慢下了脚步,那样大方地,任我们挥霍着。

找一家古香古色的小店,走走神,发发呆,让美好的光阴,慢慢浸润每一寸发梢,每一缕神思……

有人提起过吗?丽江的菊高洁却不寡淡。举目都是怒放的菊花,缤纷艳丽,在流水白云之间,秋天的写意,被这菊花精致地诠释着。小桥流水之间,琴韵悠悠,歌声缭绕。流浪的康巴歌手,在这里找到了生存的土壤,远行的画家也在这里驻足。歌手卖力地唱着自己的原创歌曲,画家忘记了耳畔的热闹,用画笔捕捉这座城市别样的风情。街边处处是淘碟小店,店主有节奏地击打着小鼓,暗示着流行音乐和民族音乐已在这里生根、发芽、开花了。

豪华威严的木府,在我看来,简直就是紫禁城的缩影,高壁画廊,雕龙附凤,楼阁轩宇,富丽堂皇。高高的门槛,让人迈得颇为吃力,不得不低下头来,虔诚地礼赞。封建土司的权力与威严,在纳西人的低头之间,彰显着自己的尊贵荣尚。即使是几百年后,我来到这里,同样要低下头才能进得去。木老爷在这人间仙境,享尽了繁华,阅尽了春色,该是何等惬意呢!

也有人说,丽江是男人的天堂、女人的天下。纳西人的审美取向颇有意思,他们以黑为贵,以胖为美。这给天天嚷着美白减肥的姑娘一种暗示:其实朴素、自然、健康的美,才是最美。这,不知算不算纳西族特有的文化。刻在古城墙壁上的东巴文字，记载着这个民族的辉煌历史。我倚在那里发呆，想把自己置身于那个久远的年代，不知能否透过厚厚的砖墙，听到远方的驼铃。

或者，只是悠闲地，从古城的这条巷子走到那条巷子。若不是水流的方向，常常就忘记了东西南北，心中一万分地愿意停留在脚下青石板上徜徉，脚却开始隐隐地疼了。找一家古香古色的小店，要上几个家常小菜，赏着菊花，听着流水潺潺，走走神，发发呆，让美好的光阴，慢慢浸润每一寸发梢，每一缕神思……

傍晚的古城，又是一番景致。比起城市里的霓虹灯火，古城斑斓绰约的风姿，让人的心思婉转百回。你不得不感慨，这才是人间烟火的味道。也许，多少暧昧，多少邂逅，就从这里滋长了吧？从来没有哪个城市像丽江那样，在酒吧门口的黑板上，明目张胆地写着"美女靓，帅哥多，约会胜地"的字样。店铺的名字也叫得那般"露骨"：等你三天、邂逅、偶遇、千里走单骑。就连一碗凉粉也可叫成伤心凉粉……怎么都离不了一个"情"字。丽江的情调，在这些细节里被无限放大着，任你的思绪飞远。酒吧里的洋酒、红酒、啤酒身价直线攀升，只因这里是艳遇的胜地。你可以端上一杯鸡尾酒，邀请心仪的女士共饮。大声地笑，纵情地笑，欢畅地舞，在这里，这些都是你呼之欲出的情感。这座城市独有的味道，它驱赶着你的寂寞，打破你的束缚，放松你的身心。

当你登上海拔近5000米的雪山时，云雾之间，雪山宛如出浴的仙女，圣洁得让人顶礼膜拜。心灵的尘土慢慢落去，一切回归自然，回归纯真。俯视脚下曼妙飞腾的雾，一会儿隐去，一会儿出现，它们像是雪山的锦绣蝉衣，装饰着雪山圣洁的美丽。丽江人对水的珍惜与热爱，令人叹奇，一条条溪水流经村村寨寨，再流到古城，依然是干净清冽的颜色。从雪山上流下的水一路向前，遇山遇河，形成瀑布，形成潭水，每一处都是别致的美景。白水河的静美，流淌着平淡生活中动人的韵律；玉水寨清澈见底的水里，能看见鱼儿畅游的身姿。行走在这些景致里，不知是你装饰了风景，还是风景装饰了你的眼睛。带着这满眼的纯美，忘了时间，忘了烦恼，把身心都融入了它的怀抱。

远远看到纳西汉子牵着马,一路唱着山歌,辽阔的音域透出这个民族的豪放粗犷。他们嘴里不时蹦出简单的英文单词,对马大叫着"come on"!让我忍俊不禁,难道马也懂英文不成?还真神了,纳西老表说,他们的马都能听懂这一句。看来,丽江的美早已驰名中外了。策马奔腾的感觉,定是飒爽的,在马背的颠簸中让时光慢慢流过,感受风的呼唤,雨的呢喃,点点滴滴瞬时消融在茫茫天地间,身心被涤荡得只剩欢乐,我们向往雄鹰、向往草原,其实就是向往飞翔中的忘我吧?

我说我还想去泸沽湖、拉什海呢,我说我要在束河古镇里静静地发呆……好友说,我们留着下次再来吧。让一座城市活在我们不断的念想与记忆之中,让向往与等待成为人生最美的风景,不好吗?

走过一段路程,留下一段经历,获得一些感悟。这便是旅行的意义,愿我们能将世间美景看透!

动物小品

庞启帆

爱是理解的别名。

——泰戈尔

灵　性

家里养有一条小狗，很瘦弱。一段时间之后，觉得实在无法养下去了，父亲趁出差之机，把它丢在了离家一百多公里远的一处郊野，让它自生自灭。

丢掉小狗后的第八个晚上，我正要就寝，门外突然响起哭泣的声音，并有抓门的响声。

我打开门一看，门外站着那条瘦弱的小狗。一周时间不见，加上一百多公里的跋涉，它更瘦弱了。

看着那双泪水汪汪的眼睛，我一把抱起它，潸然泪下。

母　性

8 岁那年，跟父亲上山打猎。

来到一个山岗，突然看见一只鸟，翅膀像是受了伤，艰难地在地上一蹦一扑向前走。我大喜，就想上去把它捉住。

父亲却叫住了我："孩子，放了它吧。这是只母鹌鹑，它怕我们伤害小鹌鹑，正设法把我们从它的鸟巢引开。"

我在周围找了一下，果然发现一个鸟巢。鸟巢里两只小鹌鹑睡得正香。在我走近鸟巢的那一刻，传来了刚才那只母鹌鹑绝望的哀叫声。

那次打猎，在我幼小的心灵刻下了一个叫"母性"的概念。

无论何时，我们都该对生命展现柔弱的一面，不管是同情也好，热爱也罢。

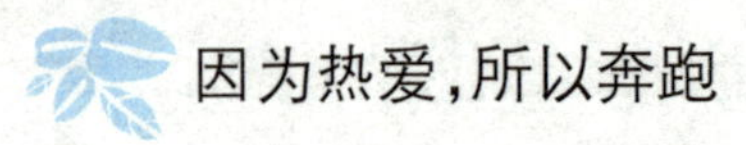

此心安处是吾乡

叶浅韵

昔我往矣，杨柳依依；今我来思，雨雪霏霏。

——《诗经·小雅》

每一方山水都有自己独特的走势，依偎在这种地脉中长大的人也就有自己独特的禀赋。在同一方山水中孕育出来的人们除了血脉相连的亲情，一定还有许多剪不断的乡情。而这些情怀，只有远离故乡才有被检阅的机会。

我在离故乡不远的小城里居住，我的存在，成了故乡的人从村庄通往城市的一个驿站，更或许是一个桥梁。无论是孩子上学、老人看病，还是借钱、购物、托人办事。因为有我，他们就觉得与这个城市的关系不至于那么陌生。尽管有时我显得那么力不从心。

因为他们一直对我寄予着种种希望，有时，我就特别害怕自己对不住故乡的山水，所以一直保持手机昼夜开通的习惯。我曾在深夜的电话里听到鸡鸣狗叫的声音，及时知道村庄失火的消息，用最快的速度把车开到家里，与父老们一起面对着可怕的灾难。以致我对一些信息有了免疫的能力。陌生的号码打进来，早早的电话，深夜的电话，我保持着高度的敏感。那一定不是让我难过就是让我耗费精力的事情。

这些年，我习惯了。习惯了把自己当成一头耕牛，艰难地行走在故乡贫瘠的土地上。

我知道自己只是不小心成了游离在故乡怀抱的人。故乡的山水草木，故乡的亲人邻里，就成了梦里别样的画卷。

在男人们忙着寻根究底时，女人对于故乡的概念像一根水草，根基不稳地守望着故乡。当我在祖先的墓碑上看清自己的来路时，我却成了不能走在这条路上的人。即使后来我坚定地走向一座桥，我也必须不时地回望那条路。

在异乡的时间长了，就如寄生在某种植物身上的另一种植物，自然或是不自然地生长在一起。一旦回到自己的故乡，匆匆几日，便又逃离了故乡的怀抱。仿佛故乡只适合存在梦境里。

可以割裂故乡的景物，而对于故乡的人，无论我梦着还是醒着，几个数字之后的铃声，在一辆从故乡通向城市的班车，我的全身就必须投进故乡的怀抱。

明知道有些债从借出的那一天开始就知道它打了水漂，有些人明明就是落井下石的小人。而心中留存的那份情，却容不得我拒绝。我忍不住要伸出手去，不，我恨我不能长出千手。

夫取笑我说，我不是强大的美利坚合众国，却要充当世界警察。也不是千手观音，救不了人间苦难，更不是玛莉娅、特雷莎修女。其实，我知道我是那么渺小，常在心力不足之间抱愧不止。而我却拒绝不了，忍受不了。

在疲惫乏累的夜里，梦是一片沉睡的海平面。这时，我忘记了故乡的一切。我梦见清澈的小溪，静静地、轻轻地淙淙向前行走着。醒来，想起苏轼的那首词，“试问岭南应不好？却道：此心安处是吾乡。”

我不知道在明天，那片山水之间生存着的人，他们会给我喜讯还是悲伤。但我知道，我永远无法割舍与故乡连接的那条线，即使在闭上双眼时，我成不了故乡山水的一部分，我的灵魂也一直行走在故乡的土地上。

故乡的一切都映在我的脑海里，那停滞的云，流动的风，故乡的一草一木，都是我永恒的记忆。总是在梦里看到自己走在归乡路上，你站在夕阳下面，容颜娇艳。

启文巷记

春　光

江南佳丽地，山水旧难名。

——孟浩然

在千阳县城的北端，有一条东西走向的百年老巷——启文巷。这座城池自明代嘉靖二十七年（1548 年），由眉县县令王实命率凤翔府属七县民夫历时 11 个月建成后，就奠定了这条巷子的基本轮廓。她的命名也是一位历史贤达的馈赠。清道光十七年（1837 年），云南景东县举人罗曰璧在出任千阳县令七年后，用自己的养廉金，在县城东北角察院旧址上创办了启文书院，这条巷子因此而得名。“文革”期间，有人将这所学校和这条巷子改名为“工农”。后来，在人们约定俗成中还是被“启文”所代替，一直沿用至今。我想，启蒙教育，传承文明的文化底蕴是人们接受她的根本原因。

启文巷是县城的一条筋骨，如果说，由北向南的西城巷、药王洞巷、水桥巷、雪白巷、东城巷像五指一样把县城的建筑物分成了方块，那么，启文巷就是连接五指的手掌。大小家属楼14栋，420多户，加上“坑坑院”的公房，还有那院套院、曲径通幽的老宅，这里居住着1600多人，每天早晨起来，大人和孩子在这里汇成了彩色的河流，充溢在巷道慢慢涌动。卖豆腐的、卖蔬菜的、卖酱油醋的、换煤气罐的、收破烂的、磨刀磨剪子的，从早到晚喊声不断，一种浓厚的生活气息扑面而来。那些从家属楼里走出来的老太太们，受不了单元门一闭与世隔绝的冷漠，她们三五成群，坐在巷子的树荫下、岩石边，谈古论今，说儿道女，显得舒心和惬意。

我在启文巷已经住了13年，起初住在启文巷和水桥巷交会处的19号家属楼上，因为那幢楼的外墙是黄颜色的，人们习惯上称其为黄楼。后来，我搬到启文巷12号，住在政府家属楼里，这里是启文巷的中段。我们的西隔壁是民房，住着许多农户人家，院里的核桃树、门口的桐树枝冠如云。春夏季节，桐花的絮子就会落到我们的院子里。盛夏的时候，知了藏在浓荫里一声接一声地鸣叫，把季节的提醒不厌其烦地告诉人们。每当我揉着惺忪的睡眼在晨曦中醒来时，第一声听到的是小鸟的啁啾和欢快的歌唱。每当烈日当空之时，绿荫给人们遮盖出一快凉爽之地，微风摇曳着，在地上投下斑驳的影子，孩子们在树荫下玩耍，农村人在树荫下卖桃卖杏，闲人们在树荫下画一个“方”就盯起来，全神贯注，好像地震发生了他们也不离开似的。深夜里，启文巷静悄悄，月儿挂在淡蓝色的天幕上，把她无穷无尽的银光洒满大地，月色如银、月色如水、月色如梦、月色如幻，踏着月迹回家，走在熟悉温馨的巷道里，就像走进童话般的世界里，充满诗情画意。我放慢了脚步，尽情陶醉在这静谧安详的世界里，思绪万千，解读这时光的印痕，令人感慨不已。这条已经拥有196岁高龄的老巷见证了几个朝代的风风雨雨、无数人的悲欢离合，她承载着历史前进的步伐，留存着时代的记忆，日复一日，年复一年，把平凡的日子一天一天推向前进。当我走进古色古香的民宅楼门时，我看到的是被岁月的流水磨洗得光滑明亮的青石条和石狮、石鼓和那门楣上已经褪色的木匾，踏步石条逢里生长出的野草却那么青嫩，洋溢着一种旺盛的生命力，使人为之一震。高高的砖房和那木雕讲究的花饰，足以显示出主人往日的辉煌和阔绰，仰视鸟兽屋脊的房顶，尘封的灰瓦几乎没有了沟槽，长出一片高高的瓦松，给人一种苍凉之感，时光挡不住，毕竟东流去。陈腐总会被鲜活所取代。

生活在启文巷的人形形色色，三教九流，干什么的都有，有农民、有工人、有干部、有学生、有商人、有演员、有鞋匠、有铁匠，他们每人在各自的轨道上运行，每天都显得忙忙碌碌，走到巷子里碰上面打个招呼，微微一笑就过去了，一旦到了别的地方碰见巷子的人就像见到乡党那么亲热。

启文巷是千阳人繁衍生息的一方热土。每年总要娶进来几位新媳妇，炸响的鞭炮，喜气洋洋的红色，闹新房时的喜庆气氛，欢快的音乐营造出的那种热闹，成为人们饭后茶余谈论的热门话题和感慨人生的由头。偶尔，睡到半夜里，听到一群男女悲伤的哭声，人们不用问就知道又有一位老人归西了，唢呐非常委婉地诉说着后裔对亡灵的深情怀念，诉说着他生前的种种恩德和造化。老巷住的老户很多，高龄老人也相应比较密集，每年在春夏季节交替的时候，隔三差五，就看到一个去世的老人被装进漆黑的棺材里抬出了启文巷，再也不见他回来了，再也听不到他的笑声和咳嗽声了。尽管，后人抱着他的遗像，按照当地的风俗叫着他的灵魂把他的牌位迎回家供奉。但是，终究不能和他交流。有的人便留下了终生的遗憾，老人在世时，他们舍不得给老人花钱，只是把自己的孩子当皇上伺候，当他们到了知道孝敬老人的年龄时，老人已经从这条巷子里永远地走了。这种遗憾是没有办法弥补的。

地名的流传不仅在于起名字的人，更重要的在于社会的认同和人们的约定俗成。据《千阳县志》记载："北街以水桥巷分界，东曰启文巷，西曰儒林巷。"我在千阳县城已经生活了 34 年，在我的记忆里，在人们的日常生活中，没有人再提起"儒林"的称谓，这条巷子多年来一直被人们通称为启文巷。她的东端连接的是东河沟。这是一条由北向南穿城而过的沟壑。东门口的安乐桥数百年来方便了一代又一代行人，这是一座完全用石条凿卯套成的拱桥，没有用一点水泥和灰浆。后来，随着城市的发展，东河沟的下游被疏浚和覆盖，也许，在若干年后，人们就不知道，那里曾经还有沟壑。东河沟的上游向北延伸而去，小溪潺潺，绿荫满沟，特别是那股从龙嘴里流出来的泉水，晶莹剔透，清澈甘甜，被人们誉为圣水。清早和傍晚，城里的人拎着装过菜油的方形或扁形塑料桶，从启文巷向东，沿着树林里弯曲的小路进沟去提泉水，我们巷子一个勤快的小伙子还用棍子挑着两个白色的桶去挑水，忽忽悠悠，使人想起李彦贵卖水的场景。巷子的人说，自来水虽然方便，但是，那个漂白粉味实在不好喝，泉水清凉甘美，是矿泉水、纯净水无法比拟的。听说用这种泉水熬的稀饭不但好喝，而且还有健胃和帮助消化的功效，人的胃口就比以前好了。从前，人们为吃不饱，经常饥饿发愁，以至于见面第一句就问："吃了没？"现在，多数人成天肚子胀，不想吃，能帮助他们多吃的泉水就成了他们的至爱。启文巷的人有他们自己的活法和乐趣。

2004 年，对于启文巷来说，是一个值得纪念的年份。这一年，县上为居民修建了下水道，用水泥把巷子硬化了，平展的巷道，就是大雨倾盆，脚上也不会有泥泞的烦扰。巷子的两旁栽植了女贞树，成为两道美丽的风景线，可以想象，在不远的将来，这里又是一条环境优雅舒适的绿色通道，更多的鸟儿会飞到这里来栖息和聚会，与人类和谐共处。变革会带来新的生机。从这一年的5月15日开始，到6月7日结束，县委机关从东大街12号整体迁移到启文巷2号办公，更使这里人气旺盛，车水马龙，充满时代活力。启文巷的西端原来连接的是西城巷，现在，什坊街拓宽由南向北一直延伸到这里，西城巷成为昔日的黄花，已不复存在。新建的街道宽敞平整，人有步行街，车有专用道，城市的脉络更加清晰。这里的花坛、路灯、草坪式样新颖、布局合理，郁郁葱葱，雪松如云，花香四溢。到体育场的仿汉白玉踏步围栏体现了一种浓郁的文化品位和审美情趣。启文巷变得越来越美了，她是一块肥沃的根基，是一个风土美、人情美、绿化美的放射源。如果说，她是一部将近200页的历史画卷，那么，时势又揭开了她崭新的一页，使她以更加妩媚动人的风姿，为千阳这座小县城增光添彩。

江南小镇的美色不仅仅在于它们自身，而更在于无数行旅者心中的毕生描绘。

长角鹿的错过

小　程

这是人类的劣根性，当敌人越镇定的时候，他就越不镇定。

——古龙

挪威布特森山林地区有一种长角鹿，每到冰雪既将消融的季节，它们踩着布森河厚厚的冰过到对岸，再迁徙到另一个地方生活。

它们横跨布森河的时候，有一个有趣的现象：成群的长角鹿都过去了，但总有一小部分留在对岸，原来，这些鹿来得晚，而此时河水已经消融，它们无法过河。见无法过河，这些长角鹿很快便显现出异常狂躁，它们疯狂地往回跑，见树撞树，见石头撞石头，直到把自己头撞得血淋淋的，再没力气站起来。这一撞，也伤了它们的元气，很多长角鹿要经过一个星期或是半个月的休养，才能恢复身体健康，可即使它们恢复了，也只能死在

这里。

这一带还有一种野羚，它们如同长角鹿一样，也要在布森河解冻前横跨过去。它们也有一部分来晚的，河水已开始消融，无法过河。但这部分野羚却不像长角鹿那样狂躁，它们静静地待在河边，白天黑夜都在河岸附近活动，几天后，你会渐渐发现这部分野羚数量急剧减少，它们都过河了。它们是怎么过河的呢？原来，虽然布森河融化了，但因为刚解冻，时不时就会有大块的冰块漂移过来，野羚看准机会，跳上一个大的冰块，然后再伺机跳上另一块，最终得以过河。

长角鹿其实也有野羚这种过河的机会，只不过是它们的坏脾气让它们错过了。一位哲人曾经说过："如果错过了太阳时你流泪了，那么你也要错过群星了。"人类千万不能犯这样的错误，当我们失去一个机会后，懊悔、哭泣都不是第一位的，我们首先要做的是冷静下来看看还有没有别的机会。

遇事静则思变，变则通，通则胜。内心的淡定从容，需要一直慢慢培养，才能在关键时刻显示出作用来。

聪明的电筒鱼

荒　沙

有备无患，亡战必危。

——张九龄

加勒比海附近的深海里有一种电筒鱼，这种鱼长约 15 厘米，长年累月生活在漆黑一团的海底。

深海海底一片漆黑，电筒鱼依靠双眼根本无法辨别物体，为适应这种环境，经过长期进化，它们在眼睛下面生出了一个“袋子”。“袋子”为绿色有机体，就像我们平时用的电灯一样，能发出一种白光。平时，它们就利用这种白

光，在海底吸收和捕食其他小鱼和生物。

漆黑的深海里，有了这点光亮，虽然能保证自己捕食，但也很容易暴露目标引来杀身之祸。值得称道的是，电筒鱼在海底天敌不少，却从来不会丧命，那么，它是怎么保护自己的呢？原来，当它遇到危险的时候，就会快速调节身体机能，可以立刻关闭“电筒”逃之夭夭。还有一种更加保险的办法。它们平时总是三五条地在一片区域内生存，当遭遇险情无法解脱后，这几条电筒鱼会突然间全部亮起灯，天敌本来冲着一条去的，此时，看见几条电筒鱼亮灯，顿时犹豫起来，当它正在考虑去吃哪一条的时候，这些电筒鱼会突然间再全部关闭“电筒”。瞬间，这一带水域一片漆黑，天敌也失去了目标，只能无奈地游走。险情解除后，电筒鱼的电筒又会亮起来，悠然自得地游玩觅食。

在漆黑的深海里，电筒鱼的“电筒”虽然能保证自己捕食，但也存在巨大危险，好在它们聪明，靠着自身的调节和同伴的帮助虎口脱险。生活中的事物都有两面性，优势也可能是劣势，我们一定要做好相应的准备，应对可能发生的一切。

不论做什么，都要做好充足的准备。不光是为了规避风险，也是为了组织进攻。准备好，才能更好地出发。

自恋的绵凫鸟

薄 陨

不要把自己看得太重要，没有你，事情一样可以做得好。

——迈兹纳

绵凫鸟生活在北极，为适应极寒天气，生有一身浑厚的羽毛。

如果说绵凫鸟耐寒的天性值得人们称道的话，那么，它的生育方式则让人有些不解。生育前，它先要做一个窝，做好以后，开始用嘴拔自己的羽毛，只见它叼住一根后，脑袋使劲一甩便拔下一根，每拔一根痛得颤抖一下。就这样，它们从自己身上拔下大量的羽毛铺在窝底，在这个松软而又温暖的羽毛窝里，再严寒的天气也休想冻着它的儿女了。

人们不禁要问，北极有各种各样的鸟类，掉落的羽毛也应有尽有，绵凫鸟为什么不捡拾这些羽毛铺窝，反而要忍受疼痛从自己身上拔毛呢？有关人员做了一个实验，他们

选择一些做好窝的绵凫鸟，在它们拔毛之前，用别的羽毛和草叶先把它们的窝铺好。可刚铺好没多久，一个有趣的现象出现了，绵凫鸟突然将这些铺好的羽毛和草叶全部清除出自己的窝，然后照例开始拔毛，直到把窝铺得满满的。难道是嫌这些羽毛脏或是保暖效果不好吗？于是，这些人又拿来一些棉花，尝试着铺在绵凫鸟的窝底，可还是出现了刚才的一幕，绵凫鸟又是一阵抓狂，直到把所有棉花清除出窝，然后再开始拔毛……

综合这些现象，人们突然间明白了，绵凫鸟拔毛，实在是一种自恋行为，它们总认为自己身上羽毛是最好的，育儿也是最保险的。人类也有许多自恋者，他们总是信不过别人，认为谁都不如自己。殊不知，这种自恋最终伤害的是自己，就像绵凫鸟一样，拒绝别人的温暖，必将承受一次痛苦，这或许也是生命的哲学。

自恋与自大，都是以自我为中心衍生的产物。自大的人，眼里容不下别人，自然也就发现不了危险。自大，不过是自我封闭然后自取灭亡。

山洞里的秘密

魏彩琼

历史本身是自然史的一个现实的部分，是自然生成为人这一过程的一个现实的部分。

——马克思

河流隔开青山的两岸，两山之间宽不足千米，窄不过百米。青山脚下，河流的两岸边上，一个个村庄被绿色的竹林掩映着。村庄里的人世世代代把这条河流当作母亲河，他们从河里汲水，在河里浣衣，也拉着牲口在河里饮水。河两岸的峭壁上，有些不同形状的山洞，大大小小，形态各异。

河流在不同的季节有不同的姿态，水清了，水浊了，水涨了，水干了，都与村庄里的人们息息相关。唯有那些山洞，千百年来以同一种姿态静

默在山崖上。

老人们爱讲一些与山洞有关的故事。故事的版本不外两种，一种与仙人有关，另一种与鬼神染指。但故事无一例外地有个不二主旨，那就是要敬畏仙人和鬼神，不要轻易去亲近那些山洞。

然而，他们越是让孩子们远离那些山洞，就越阻止不了他们的好奇。打着手电，点上明火，他们偷偷地进入大人们限定的禁区。大人们从家里摆放着的异样的石头上发现了秘密，顺手拿起扫帚，从村庄的东面追到西面。到了晚上，几个大人就编故事传播一个孩子失足掉进山洞的消息。即使这样，也阻止不了一群孩子探索新奇的愿望。

从一个私塾先生失踪了三天，又从那个山洞走出来后，那个山洞就变得仙气顿生。先生说他在洞中与白胡子的仙人对弈了一盏茶的工夫，而洞外已是三个白昼。从此，人们就对山洞里居住着神仙一事深信不疑，还编造出给神仙借碗借筷的故事。他们一代又一代地宣讲着同一个故事，有好事的小孩子躺在祖母的怀里，瞪大眼睛想亲眼看看那种神奇的事，祖母的回答也惊人地相似。她们总是说，仙家是食素的，凡间人不珍惜借来的东西，打破了的，油腻了的，弄得仙家生气了，再不与凡人来往了。

山崖的壁上有个葫芦形的山洞，据说，那是仙家的居所，有云有雾时，仙气弥漫，缥缈灵动。峭壁上有些细小的山洞，更或者说是一种细小的裂纹，活脱脱地把一个和蔼可亲的老仙人面容印在壁上。从我记事时起，他就保持着同一种微笑。无论从哪个位置看去，他都在看着我微笑。传说与现实的印证，增加了人们对故事本身的可信度。那个山洞，就成了远近闻名的山洞。无数人来验证过它的神奇，却谁也不能说出他的神奇，更无法说出它究竟哪里不神奇。

凡是与众不同，并难以解释的事物，都会被赋予一种神秘。越是神秘，就越能激发人们探索的欲望。尤其是村庄里这群半大的孩子，他们总是梦想着有一天也能遇见山洞里长着白胡子的仙人爷爷，或是在门口叫声“芝麻开门”，就捡到无数的财宝。这种神奇的幻想支撑着他们想去探索山洞里的秘密。

他们钻遍了足迹所能到达的每一个山洞，对黑乎乎扑棱棱飞过的蝙蝠早已不再害怕。甚至踩到脚下小小的骷髅时，也不会再集体逃亡。除了没遇到过仙人，没捡到财宝，山洞里的世界也算奇妙。姿态各异的石头，成群结队的蝙蝠，滴水穿石的神奇。光亮所射之处，处处都有新鲜的事物。慌忙躲藏的虫子，乱窜的小动物，甚至还有一条小花蛇。惊险而又刺激的场景，除了害怕，还想接着害怕。分明是到了绝境，突然又生出一个小洞，猫着身子钻过，又见另一个宽敞的大洞。柳暗花明，别有洞天的妙趣，极大地满足了孩子们探险的欲望。

晚上，回到家里的孩子们有的头疼了，有的肚子疼了。在大人的追问下，山洞就成了造孽的主宰，他们开始说起谁家短命了的孩子，就丢在那个山洞里。然后端着一碗水在孩子的头上念叨着什么咒语，孩子们发现疼痛慢慢缓解了。他们更加确信有鬼神的存在，山洞的神秘色彩又增加了一层。

某天，一个孩子发现了山洞的秘密。他问大人，为何每个大的山洞口都有人造过的痕迹。它们残破地存在着，塌陷了的，站立了的，留下一些可以辨认的痕迹。可以确定，这些山洞里曾经在某个时期被人们深刻地重视过。

小脚的祖母们泪水涟涟地说起了往事。故事的开端不再是很久很久以前，而是从那年那月开始。孩子们睁大了眼睛，竟然比听仙人和鬼神的故事还带劲。

那些兵荒马乱的岁月，这些山洞，曾经是避难的居所。抢匪们扛着枪，扯成线的一队队人马，开进村来，见啥抢啥，每次都满载而归。剩下一个空空的村庄和一群哀哭的村民。没有武器的村庄，成了任人宰割的羔羊。村庄里那个瞎了一只眼睛的太婆，另一只眼睛毙命在一个凶悍的土匪的枪托子上。她当时只是哀求他们放过她那双心爱的绣花鞋。村庄里一声“躲贼了”，男女老少们都往后面的山洞奔去。有一个壮汉，他不想失去他的白马，拼命地想牵着它朝后山奔去，在山坡上，一颗呼啸的子弹夺去了他的性命。

那些小小的山洞，原来装着这么多秘密呀！孩子们你看看我，我看看你，最后都不作声了。奄奄地回到各自的家里，到了第二天，都做了些与山洞有关的奇怪的梦。孩子们在知道了山洞里的第二种版本的故事以后，对山洞探索的热度豁然降温了。慢慢地，那些山洞的洞口都结上了蛛网，长了草木。

孩子们又从教科书里知道了人类的起源，总是不自觉地抬头看那些山洞，揣测着祖先们的来历会不会跟这些山洞有关。事实上，他们从未发现过一片能证明人类文明的器皿。当然，不是每个山洞都藏得住人类文明的历史，但是，每个山洞里也必然承载着自己的使命。正如，村庄后面这些大大小小的山洞，它们曾深深地吸引着好奇的孩子们，还坚实地保护过这群孩子的爷爷的爷爷们。

山洞见证的某些历史，不管过去多少年，人们都清晰地记得这个地方曾经发生的一切。山洞是本历史纪念册！

大王花与原上草

思想者

自立自重，不可跟人脚迹，学人言语。

——陆九渊

在印度尼西亚的苏门答腊的热带密林中，生长着纳夫来希亚花。全花呈红色，但有许多淡黄色或者淡紫色的斑点。花瓣中央有一个三四十厘米的大花蕊，像个大圆盘似的，如果盛满水，也得有五六公斤重。这种花的直径有一米四左右，全花重达 60 多公斤，堪称世界花中之王，因此，人们又叫它大王花。

然而，我却不大喜欢大王花，因为它不但没有茎和叶，而且没有根，一生只是一朵大花。也就是说，它不能独立生活，退化的茎变成了菌丝状，是寄生在葡萄科植物的藤的根茎上，用菌丝吸取寄主的养料。

这世上有一种人多么像大王花，他们的所谓令人惊羡的美丽和让人仰止的名望，其实都不是靠自己的奋斗得来的，而是倚靠他人的力量获得的。

相反，我更喜欢原上草，其实就是原野上极普通的小草。它既没有花的馨香和艳丽，也没有树的婆娑和伟岸，它实在是太卑微、太平凡了，以致人们都不愿意多看它几眼，甚至忽视它的存在。

然而，这看似不起眼儿的小草，也有绿满天涯的梦想。尤其是它的品格，最值得人们学习和称赞。小草有着顽强的生命力。它不择地而生，也不倚靠谁，即使身陷逆境，也不怨天尤人，而是为了心中的梦想坚韧地抗争命运，哪怕烈火焚烧，也能岁岁枯荣。

此时，我不由得想起唐代大诗人白居易，他就是一株原上草。白居易虽出身于官宦之家，但家境并不富裕，又因战乱而随父颠沛流离。他自幼好学，五六岁便学写诗，九岁谙识声韵，他这样勤奋刻苦，夜以继日，以致口舌生疮、手肘成胝。据说，白居易初到长安，携诗拜访京城的名士顾况。起先，他看到“居易”的名字打趣地说：“长安米贵，居大不易。”待他读到白居易早年的习作《赋得古原草送别》时，被其中的四句诗“离离原上草，一岁一枯荣。野火烧不尽，春风吹又生”所吸引，不禁大为赞赏说：“有句如此，居亦何难！”白居易一生写诗近三千首，终于成为一代大家。

如果我们成不了让人羡慕的大王花，那么，就让我们做一株忘忧的原上草，自由自在地唱着歌谣，努力地长出属于自己生命的颜色！

不去羡慕谁，也不去攀比谁。每个人都是独一无二的，我们都是开在同一片山涧的花朵，无论阴面还是阳面！

杏花误

月下清荷

暖气潜催次第春，梅花已谢杏花新。半开半落闲园里，何异荣枯世上人？

——罗隐

暮春之暮，落笔为杏花，以虔诚的姿势。

码字几年来，花是笔下的常客，樱花、桃花、蔷薇、茑萝、忍冬、桂花、栀子……浅近地表达，藏着深深的喜爱。毕淑敏说，她喜欢爱花的女性。我猜想，感染她的可能是爱花女子由内而外散发的气质吧，心境温和柔软，心性简约朴素。花是最好的化妆品，暖暖的阳光下，在飞瀑般披挂的蔷薇花前坐，脸颊上飞上一抹绯红，人面蔷薇相映红，怎一个美字了得？无论庭院里，郊野外，还是名贵的，平民的，相遇之时，定是心动之际。姹紫嫣红，或清远幽香，皆禅意悠远。花开见佛，每一朵花都是禅语一味，淡清心，意出尘。

可是，怎么就偏偏冷落杏花了呢？

小学读书五年，从家到校，走的多是细如腰肢的田间小路。小姑家在村子的最路边，是我上学放学的必经之地。她家门前有两棵杏树，足有一人多高，粗壮茂盛，枝叶葳蕤。最为期盼的是杏子成熟时。每每路过，小姑他们总招呼我过去，口袋里被塞上满满的杏子，一路上美滋滋地吃着，甜味一直流到心里。哪曾顾得上留意杏花，几时怒放？花开何色？花期多久？莫非最熟悉的，真的是最容易被遗忘的吗？

一别，至盛年。

夜读，与丰子恺的字画《春日里，杏花吹满头》不期而遇，寥寥数笔勾勒，浓淡之间，趣意跃然。蓝天白云下，山岚如烟如雾，山道蜿蜒曲折，三两行人悠闲地走着。道旁山石缝里，一株杏花横斜出，明媚艳丽，风起时，片片胭红随风而舞，飘落在行人的头上，肩上，地上。这才惊觉，走了这么久，最美的年华里，我与杏花彼此错过，彼此辜负。

寻寻觅觅，觅觅寻寻，而今，遇见杏花是平常事。春寒料峭中，静悄悄的杏花像个清雅、素洁的闺秀，羞答答地拉开春天的序幕。脉脉轻寒，挡不住她为早春涂抹秀色的脚步，安安静静地开着，无论你看或不看，她都一念执着，开出自己的精彩来。而此时的桃花和梨花呢，正行走在赶往春天的路上，踮脚张望的人们用热切的目光迎接着，期盼着。待到桃花灿若朝霞满天时，晶莹的梨花银碗里盛雪般的盛大绝美，有谁还会在意不争，不语，素净的杏花呢？

不禁为杏花鸣不平。

当读到李渔在《闲情偶寄》里写下的“树之喜淫者，莫过于杏”时，真想穿越回明清时代，和他老人家理论一番，为本就不讨巧的杏花讨个说法。早春时节，刚刚醒来的大地万物还一脸灰蒙蒙时，红杏不顾恻恻清寒，最先绽放伸出墙外，她不为争艳，不求点赞，只是默默地点亮春天的一隅，为那些晚间行走的花儿照亮来时路。如此好意，却被误会，怎叫人不为她叫屈？

好在更多的文人对杏花是赞誉有加的。他们的笔下，杏花充满了诗情画意。你看，“牧童遥指杏花村”，酒幡飘摇的村子深处是赏不完的杏花吧；你瞧，“小巷明朝卖杏花”，江南蒙蒙烟雨里，穿着薄纱衣衫的姑娘挎着竹篮，从巷子里款款走来，篮子里是刚采摘下来的杏花，和卖花姑娘一样的芬芳可人；你听，“杏花疏影里，吹笛到天明。”这样的意境怎不令人痴迷？衣袂飘飘的佳人，在朦胧的月色里，在杏花的影影绰绰里，一直吹笛到天明，她是在等人吗？花无语，月无声，或许，没有答案就是最好的答案。

“今春脚步渐离远，杏花早化作春泥。”聪明的你，有误才会有悟，悟了便是值了。

花落成泥，只有香如故！多一点奉献精神吧，就像杏花那样执着。

蝴蝶，你不要扇起龙卷风

纳兰泽芸

大礼不辞小让，细节决定成败。

——汪中求

“巴西丛林一只蝴蝶扇动翅膀，可能会在美国得克萨斯州掀起一场龙卷风。”这就是可怕的“蝴蝶效应”。这表面看来似乎不可思议，但“蝴蝶效应”告诉我们，对待不良事物若不及时防微杜渐，就会导致大局的分崩离析。

就像不久前在某些城市出现的破坏社会风气的事情，这些事情，将爱心、善良、关怀、仁慈、助人为乐、侠肝义胆这些美好的词汇，蒙上一层浓重的阴翳。

这样的事情，就像蝴蝶扇动的翅膀，处理不当，极有可能会引起一场精神的龙卷风，将人们的道德与正义底线破坏甚至摧毁。

2月17日下午，江苏南通一位骑电瓶车的老人突然摔倒昏迷20分钟。在这漫长的20分钟里，围观的人群水泄不通，可是没有一个人上前搀扶，甚至没有一个人拿出口袋里的手机报警！

直到20多分钟之后，执勤到事发地点的交通协管员拨打120，昏迷的老人才得以送医院抢救。

有人说，我“不敢”上前去搀扶啊。他强调了他不是“不愿”，是“不敢”。

这话听着似乎有些道理。

当前社会上流行着这样几句话：“路遇不平事，只当袖手观。拒绝学雷锋，善举不可彰。好事做不得，好汉不能当。见死不能救，谁救谁遭殃。”

人们还记得“彭宇事件”。

彭宇是南京一名白领，在公交车站看到一位摔倒在地的老太太，彭宇出于同情将老太太扶了起来并送往医院，没想到，后来老太太一口咬定是彭宇将她撞伤，并向他索要十多万元的医药费并将之告上法庭。

有“前车之鉴”做底子，人们非“不愿”，是“不敢”去“多管闲事”，凭良心来讲，的确说得过去。

但是，当老人倒在地上昏厥了 20 多分钟，成十上百的围观者“不敢”上前搀扶救助，是出于“自保”，还勉强说得过去的话，那么，掏出口袋里的手机摁下三个数字“110”或者“120”，不是什么难事吧？要知道，耽误一分钟抢救时间，老人就有可能失去生命。

可是当这样的“袖手旁观”已经冷漠到看到一个人奄奄一息，却连掏出手机拨三个数字都不愿的时候，我们还能再说些什么呢？

想起了亚弗烈德·阿德勒那句著名的“使别人快乐”的话。

奥地利精神医学家亚弗烈德·阿德勒，以他高超而独特的精神疗法享誉世界，他治愈了无数精神濒临崩溃边缘的孤独症和忧郁症患者。他有一个貌似简单但却神奇的处方，他说，只要按照他这个处方去做，14 天内，病人的孤独症或忧郁症一定可以痊愈。这个处方是：“每天都想一想，怎样帮助别人，使别人快乐，让别人感受人世间的爱心力量。”

他的病人中有一位 50 多岁的女士，丈夫因病离世不久，唯一的儿子也不幸意外身故，这突如其来的双重致命打击将她的意志击垮，她患上了严重的忧郁症，总想着如何自杀。

阿德勒着手治疗她，他知道她喜欢种花，就鼓励她种许许多多的花，然后将这些姹紫嫣红的鲜花送给附近医院的许多病人。她用爱心给病人们带去了欢乐，也收获了他们真诚的感谢。慢慢地，女士有了生活的寄托和快乐的理由，她的忧郁症被彻底治愈。

可是，如果这个女士生活在如今，她善良的、充满爱心的举动可能会招致某些猜疑，甚至会给她带来某些麻烦和不幸。对此，恐怕医术高超如阿德勒，也会束手无策吧。

丢失一个马蹄钉，就丢失一个帝国，这是拿破仑讲给他手下一名军官的故事。那名军官不太注意战争中的小细节，拿破仑就告诉他，有个国王去打一场关乎国家生死存亡的仗，他发现马掌上少了一个马蹄钉，一时间找不到，他就骑着这匹马上战场了。在拼杀的时候，因为少了一颗钉子，马掌脱落了，马摔倒了，国王也被甩至马下，然后被敌人的战马当场踩死。他的帝国也随之丢失。

所以，不要以为蝴蝶扇扇翅膀是小事。我们当下要做的，就是阻止那只蝴蝶再扇动它丑陋的翅膀，让那席卷道德与正义的龙卷风就此停息，永不再来。

任何重大事故，基本都是由小错误引起的。正所谓一个铁钉毁了一匹好马，一匹好马毁了一个将军，一个将军毁了一场战争，一场战争毁了一个国家！防微杜渐，把灾难遏制在萌芽之中！

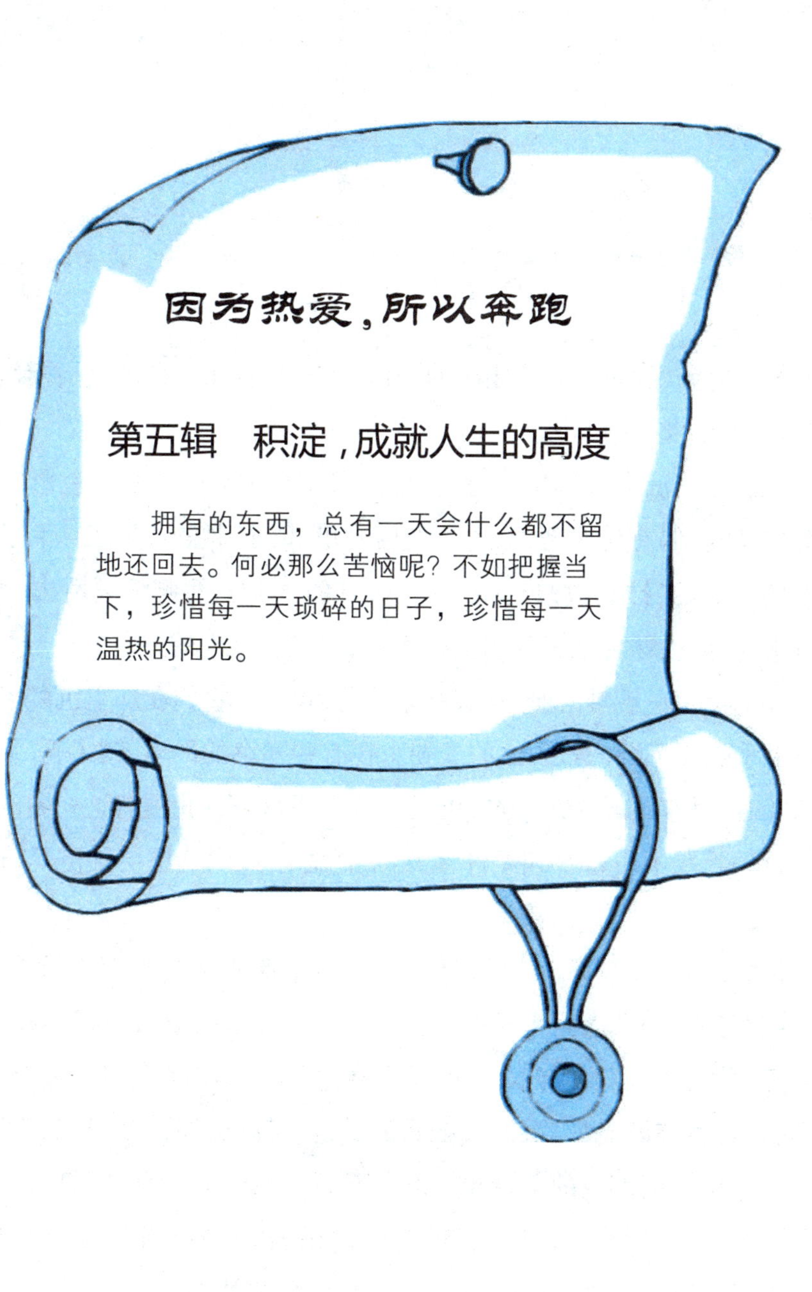

第五辑　积淀，成就人生的高度

拥有的东西，总有一天会什么都不留地还回去。何必那么苦恼呢？不如把握当下，珍惜每一天琐碎的日子，珍惜每一天温热的阳光。

冬 湖

袁恒雷

大自然的每一个领域都是美妙绝伦的。

——亚里士多德

初冬时分，我来到了这座湖的身边，离开它有几个月了，想看看它冬日的模样，这是个未了的心愿。

车沿着湖滨大道不疾不徐地行着，沿途是许多尚未褪尽色彩的树木，游人穿梭其间，偶有对对新人，在草地树木里，留下甜蜜的回忆。下了车，我等不及跑到它的身边，放眼远望，一轮橙红的太阳向西侧渐渐滑去，悬在远山与近水间，如珍珠含在半开启的蚌嘴里，闪耀着迷人的光芒。

湖面上是一艘艘游艇，慢悠悠地动着，我不知它们在那里沉醉了多久，那情形似乎想要沉醉一辈子似的。湖水在有些寒意的风里，皱了平，平了皱，水光潋滟着，时有尾尾鱼儿游过，更显得波光熠熠了。我望着这初冬的湖水，车马劳顿的浮躁不由得平和了许多，舒展的思绪如同这层层的涟漪，远远地荡开了去。

沿着湖面游走，那湖边的柳枝千条万条，细细弱弱，像穿着长褂的青衫先生，身前身后，和友人打喏长揖，这打喏里，是相逢的欣喜；这长揖下，是离别的叹息。我行走在欢喜与叹息间，不经意抬眼，面前赫然是莽莽苍苍的一丛丛残荷，在暮色与波光里，沉淀成浓重的黛色，延展出那么多，我知道数月前的你定是一位风度翩翩的美少年，如今换做风雨江湖中的倦客打扮，以苍寒凛然的姿态示人，却依然受着人们的喜爱，周围架着的摄相机居然排到了街边，那些人或许记住了你一生的容颜，他们比我更清楚呢！

残荷的影子，淡墨一样，在伸手可握的一缕冬风里。有的团团挤着，挤成一汪绿色。有的稀疏地立着，三枝两枝，露着惆怅的模样。有的已经枯萎，皱得倦了，索性躺在水里，似乎下定了决心收藏起自己的容颜，不想出门见人。想想春末时分，清荷出露水，亭亭玉立，直至夏日，千朵万朵，娇柔芬芳，直映得荷花别样红了——红到日边来。如今，她们是卸了妆，收了心吧，单拣素衣素裙着身，寂寂地面对这日后的清寒日子。

这宽阔的湖面委实动人，眼前的树走过后，那水天一色的壮美便劈头盖脸地扑来，似大梦初醒之感——有着酣睡后的舒畅；从身前直至远方的山峦，那银白的水面，微微地颤动着，如薄醉的夜晚，后半夜醒来，陡然看见一窗子如水的月光，方明了"吾心似秋月，碧潭清皎洁"的意境，心里顿时澄澈清明了许多，那时分不想回头睡去。因而，面对这湖光山色，所有的人都不会大声讲话，他们的声音都变得柔和了，一切的莽撞与这样静谧的氛围是多么的不搭调。

再过一会儿，太阳终于落了下去，周围似一片苍灰的天幕罩着，和银色的湖水在远方静静地合拢起来。"扑棱"一声，前面的几棵树上居然惊起了几只野鸭，它们迅疾地向着对面的山飞去了，那情景让我恍惚有身置枫桥畔夜泊客船的错觉，可我更多的是"野旷天低树，江清月近人"的自然感受，因为在这平静的湖畔、在这冬水长天之间、在这充满故园气息的荷花水里，我的心感到的是温暖妥帖，而不是客居他乡的愁烦。

如果你曾郁闷烦躁，或者焦头烂额，那么你或许可以出去走走了。大自然不能帮你解决问题，可是一定可以带给你一点什么。

野杜鹃开在最险处

美丽人生

逆境有一种科学价值。一个好的学者是不会放弃这种机会来学习的。

——爱默生

北国林都的野杜鹃，总是牵着春风的手，绽放灿烂的笑靥，把小兴安岭装扮得姹紫嫣红，烂漫缤纷，分外妖娆。

山里人，尤其是少男少女，最喜欢采摘野杜鹃了，那是大自然为他们准备的春天的礼物。他们把采来的野杜鹃插在水瓶里，花香就会弥漫满屋。野杜鹃不仅装饰了山里人家，还装饰了他们的生活和希冀。

这些多年生的野杜鹃，只因为生长的境况不同，它们的际遇和命运也就不一样了。它们有的长在平坦的林地里，有的长在山坡上，还有的长在陡峭的崖壁之处。虽然林地和山坡上的野杜鹃因生长环境优越而最先开放，但是，等待它们的将是被人采摘的命运。正是由于这儿的野杜鹃好采，又没有任何危险，所以人们最先摘到的就是此处的野杜鹃。而崖壁之处的野杜鹃，则躲过了被摘的命运，别有一番光景，那一簇簇的野杜鹃开得正艳，花朵绚烂若烟霞，只能让人羡叹！

同样是野杜鹃，两者的命运结局大相径庭。顺境中的野杜鹃也曾春风得意，却不知退步守身，危险将至，最后乐极生悲，无枝可折，昔日的风光如同过眼烟云，留下的只是一场空梦；逆境中的野杜鹃，虽生不逢时，命运多舛，但从不矢志悲观，怨天尤人。而是处众人之处恶，懂得越是不被人注意的，看似危险的地方才越安全，故能在保全自己的同时，穷则思变、厚积薄发，让生命绽放出艳丽夺目的花朵。

由此悟得：一个人顺境时不能自得，锋芒太露容易招来妒忌，安乐中也会隐藏着忧祸，所以要才华须韫，居安思危，处进思退；一个人身处逆境时不要自悲，而应随遇而安，自强不息，须知危中有机遇，险处有风景，就像开在最险处的野杜鹃那样，智慧地成就梦想。

生存是件很残酷的事。其中最好的办法就是迎着困难，不断地挑战自己，不断强大起来。这样才不至于被淘汰！

十里桃花

梅　雪

自然不掺杂半丝人情。谁反抗它，谁就被一脚踢开；谁顺从它，谁就承受其恩典。

——佚名

枕边书随手翻起，与一首诗不期而遇：“去年今日此门中，人面桃花相映红。人面不知何处去，桃花依旧笑春风。”深深地被诗里的故事打动。英俊潇洒、才思敏捷的诗人崔护，清明节时游览长安南庄，口渴难耐。当看到一个幽静的农家院落里桃花盛开，满心欢喜，就过去讨水喝。这户人家的姑娘靠着小桃枝看他喝水，姑娘洁白光润的面庞映着桃花，姿态妩媚。等崔护离去蓦然回首，却发现姑娘仍在脉脉含情地注视着他。来年清明，崔护想起姑娘，复去寻找，只见门庭依旧，桃花依旧，不见了思念之人，临行前，在大门左扉上题写了这首诗。

爱情就是这样，猜得到开头，却猜不中结局，峰回路转最是圆满。几天后，崔护办事又经过这里，听到院里传来悲痛的哭声。得知姑娘去春探亲回来，一遍遍读着题诗后，一病不起，刚刚断了气。伤心欲绝的崔护来到床前，想象着初相见时桃花般的娇容，不禁放声大哭起来，边哭边呼喊：我在这里，我在这里！奇迹出现了：姑娘居然睁开眼睛，活过来了。最终，崔护和他桃花般美艳的姑娘修成正果。

花为媒，情相牵，成全一对夫妻，不禁为桃花叫好。

对桃花赞誉有加的还有“诗经”里的先人们：“桃之夭夭，灼灼其华。之子于归，宜其室家……桃之夭夭，其叶蓁蓁，之子于归，宜其家人。”读罢，眼前浮现的是，除了铺陈十里的夭夭桃林，漫山遍野的灼灼芳华，和香气四溢的桃花味道，还有一位像桃花一样娇羞鲜艳，像小桃树一样充满青春气息的少女模样来。她不仅长得美，心也美，把欢乐和美满带给婆家。可见，桃花自古以来就是爱的使者，美的化身。当然，也见证了爱的凄美绝伦。

和秦淮玉女李香君情到深处，风流才子侯方域赠送一柄上等的镂花象牙骨白绢面宫扇与李香君当作定情之物。后来有桃花扇一说，是在李香君被强娶之后。为爱忠贞不屈的弱女子跳楼逃婚，怀里的绢扇上溅满了鲜血。侯方域的朋友被李香君的贞烈品性感动，就着扇面上的点点血迹稍作点染，血迹便成了一朵朵鲜艳欲滴的桃花，再以墨色略衬枝叶，一幅灼灼动人的桃花图绘成了。并题上“桃花扇”三个字还与李香君。自此日日扇不离身，昼思夜想，盼望着远行情郎的归期。直到来年漫山遍野的十里桃花浓情盛开，灼灼芳华，而血染的桃花扇交到侯方域手中时，已是阴阳相隔。斯情，斯景，凄美得令人整颗心湿润缱绻起来。美好的东西为何总是转瞬即逝？欢从何处来，端然见忧色。世间最美的，必是伤得最深的吗？

那年春天，独自去鼓山寺。在寺内，第一次看到成片的桃花林，好一个碧树繁花，一朵，一朵，又一朵。算是误闯误撞吧，在蜿蜒曲折的山路上走着走着，迷失了方向。转角处粉红的桃花林似是故人来，默然无语地揽我入怀。不说，是懂得，更是慈悲。选一棵桃树，花下坐。静静地发呆，一个人发呆。暖暖的太阳照在脸上、身上，春风轻扬，香气扑面而来。人面桃花，相映红，春风笑，人静默。桃花总是这般令人浮想联翩。“桃花坞里桃花庵，桃花庵里桃花仙。桃花仙人种桃树，又摘桃花换酒钱。”唐寅笔下的桃花庵何似于世外桃源啊，多么令人神往的生活！

想必每个人心中都有个桃花源吧，酒醒只在花前坐，酒醉还来花下眠。半醉半醒日复日，花落花开年复年。与花相依相伴，怕是世间最妥帖、最纯粹的梦了。

想起丁立梅说过的“真想在桃花下，再邂逅一个人，再恋爱一回”，不禁一笑，哪有岁月可回头，哪有人儿可等候，那些过往变成花间一壶酒，温一温唇，湿一湿心，人生就走完了。

站起身，拍拍身上的尘土，走向来时路。灼灼芳华的桃林里真实地醉过一回，回去将继续种花，花种在地里，芳香一季；种在心上，芳香一世。

红尘三分景，一分花香盈，一分时序替，一分在修为。

桃花承载了心事，承载了人的永恒。这就是自然的力量。

感悟达子香

守望苍天

心如大地者明，行如绳墨者彰。

——刘向

每当春回大地、万物复苏、残冰还没有完全消融的时候，达子香欣欣然地睁开惺忪的眼睛，迎着微微的风，绽放着淡紫色的笑靥，散发着淡淡的清香。

小兴安岭上的达子香，是一种多年生的常绿灌木，它分枝多，叶互生，花开在枝顶。它既不高大，也不粗壮，看似柔弱，实则刚强，无论命运把它抛在哪里，哪怕是悬崖峭壁，达子香也不怨天尤人、悲观失望、自暴自弃，而是紧紧地抓住一点儿泥土，咬定不放，它就能绝处逢生，让生命开出灿烂的花朵。你看，在山坡、在丛林、在溪边、在崖上，那一片片红彤彤的不正是盛开的达子香吗？它像火似霞，绽放的可是生命的颜色？哦，达子香，虽然你什么也没说，却给了我生命的启迪。

曾经年少的我爱追梦，在达子香花开的时候，默默地在心里许下一个诺言，等到有一天，我一定要像达子香那样绽放生命的美丽，实现我的梦。

然而，许多年过去了，在人生的旅途上，我磕磕绊绊地一路走来，也曾浸透奋斗的泪泉，收获一丝成功的喜悦，但更多的是苦闷和失意。

梦想有时就像一只鸟，当我蹑手蹑脚地靠近她时，想要伸手捉住它，它像受到了惊吓，翅膀一“扑棱”，飞走了。我的愿望落空了，似从云端坠下，重重地摔在地上，我又回到了现实的世界中。

我常常徘徊在家房后河堤上的那条小路上，一边踱步，一边思考。不知不觉，我顺路来到了山脚下，猛抬头，眼前一亮，在陡峭险峻的悬崖上，一簇簇的达子香开得正艳，像火一样燃烧着生命的激情。

此时此刻，我突然被眼前的景象震撼了。像达子香这样原本普通的生命，身处逆境，泰然处之，既不畏惧生存环境的恶劣，也不放弃最初的梦想，它以常人无法想象的坚忍顽强地与命运抗争，硬是在崖壁上开出艳丽的花朵，露出灿烂的微笑，创造了生命的辉煌。面对达子香，怎能不令人感喟呢？

此时此刻，我似乎领悟到什么，往昔的苦闷和迷惘不见了，我的心胸豁然开朗，从此变得更加坚强。

"墙角数枝梅，凌寒独自开。遥知不是雪，为有暗香来。"生命只有在最严酷的环境，才能焕发最原始的本能！

老树“新生”

徐　伟

人的一生，应当像这美丽的花，自己无所求，却给人间以美。

——杨沫

周末早上十时许，家住休斯顿的琳达太太收拾好房间，走出家门，向离家不远的公园走去。快到地方时，琳达看到公园外围了一群人，不免好奇，三步并作两步赶向前。听了一会儿，明白是怎么回事后，琳达也情不自禁嚷起来。是什么事让大家义愤填膺呢？

原来，这些人都是住在附近的居民，他们名义上与公园为邻，但要进去却要绕很大一个弯才能走到公园正门。好在这里有两棵百年栎树，长势特别好，遮天蔽日，像巨大的伞，庇护着人们。炎热的夏季，人们在树下纳凉谈笑，很是惬意。然而现在，只剩下两个光秃秃的树桩，树身不翼而飞。

直到中午时分，人们

的情绪才稍稍平静下来。作为年长者，琳达说："大家不要生气了，这样吵来吵去于事无补，我们应该报告给政府，查出真凶，为老树讨公道。"众人一听，纷纷赞同，一个年轻人自告奋勇前往。不久，他回来说，市府接待办的人称，明天一上班就向领导汇报。

第二天，吃了早饭，琳达和邻居们都聚到了公园外。大家都想看看栎树案有什么进展，想知道是什么人这么狠心，将长得好好的树给砍了。正说着，一名公差来贴布告。众人一下子围了上来，但，内容令他们怎么也高兴不起来。上面写着，栎树所在的土地，被"签名城市"房地产开发商买去建房，所以砍了并不违法。看罢布告，人们仿佛突然挨了一记闷棍，目瞪口呆。反应过来后，也只能叹息连连。

黄昏时，人们都聚拢来缅怀老树。正当人们伤心难过时，法学教授汤姆拿着测量工具来了，他说要量一量老树是否占了开发商的土地。人们纷纷后退，提供方便。

不一会儿，汤姆教授愤怒地说："开发商砍树是违法的！我就说嘛，合法的开发商不会半夜砍树。掩人耳目，必有蹊跷。果然不出所料，市政法令规定，如果一棵树的树干有一半在公共用地上，那么任何人不得砍伐。而其中一棵栎树恰恰是这种情况。也就是说，这家公司在明知犯法的情况下，依然砍掉两棵枝繁叶茂、极其珍贵的老树。我要亲自向政府反映情况，让无视法律和大众利益的开发商付出代价。"人们沸腾了。

市政府在确认汤姆教授所言属实后，向他和市民为工作上的疏忽道歉，并向"签名城市"公司索赔50万美元，索赔无果后，将其告上了法庭。休斯敦市检察官戴夫·费尔德曼接受媒体采访时说："被告将其商业利益置于市民享受阴凉的权利之上，我们必须有所作为，让他知道公众不能容忍这种行径。"

在等待宣判的日子，汤姆教授呼吁大家为百年老树真真正正讨回公道。他说：我们的先人在100年前栽下这两棵树，为几代人带来便利。如今，它被不良商家残暴地砍了。我提议禁止开发商在这里建房，让他们种上栎树谢罪。也好为我们的后代造福。大家纷纷响应教授号召。

可是，“签名城市”采取拖延法，这激怒了市民。他们举行了声势浩大的示威游行，条幅上用醒目的大字写着“签名城市滚出休斯顿”“签名城市不种栎树，从此不买其所建房”。轰轰烈烈的游行，激醒了顽固的开发商，同意接受处罚并种树。

一周后，在百年老树曾经生活的地方，种上了一片栎树苗。望着阳光下舞蹈的小树，人们笑了。这件事发人深省，也让人们意识到法律的空子钻不得，民众的感情伤不得，爱护树木、造福子孙，是每位公民义不容辞的责任。

在城市建设和环境保护的矛盾时刻，怎么做出选择才能保证受益最大化，这是非常重要的！

感性的麻雀

梅　雪

生命,只要你充分利用,它便是长久的。

——塞内加

冬渐央,寒气像一把闪着冷光的剑,肆意地挥斩,天地之间一片森寒,弥漫着萧瑟的肃杀之气。怕冷的我像岸边孱弱的小草,被一把卷进冰冷彻骨的寒流里,欲挣不能。厚实的棉衣俨然是舞台上的道具,受不了这一浪高过一浪的彻骨清寒。索性蛰伏在冬的腹地,做一只冬眠的虫子,不妆扮,不写字,不出行。吹完熟悉的葫芦丝曲,静静地看书,阅读于我,是执手相望的温暖,很多时候,它们像一阵风,轻拂蒙在心灵一隅的浮尘,清心,明目;更多时候,它们是一支红烛,暮色中晕漾开来的光亮将中年的江湖映照得充实而寂寥。

一场灵慧的雪不早一步,也不晚一步,翩然而至旧年的末梢,拧亮了新春。行人踩在积雪上的"吱吱"声,像悦耳欢快的音符,敲击在心房。意随雪飞,踏雪心切,一番精心梳洗,推门而出,一路西行。

下了桥,绕到环城河水景公园之一的主题公园,精美的园林化设计,修整一新的景观带,恍若置身于梦里江南水乡。蜿蜒的河道如少妇曼妙的身段,缓缓的水流绸缎般缠在小城的腰间,平静的水面倒映着两岸参差的树木,偶有调皮的鱼儿跃出水面,惊碎了远处高楼的倒影。对岸屋顶上的积雪,像《诗经》里的那些情事,在时间的洪流里日渐消融,然而,熠熠闪烁的光芒永不褪色,常念常新。

踏上依水而建的栈道,倚栏望去,小桥流水人家,枯藤老树,不见昏鸦,倒是靴子踩在木板上发出的声响,惊起寒雀一片,"哗啦啦"从树缝间扑棱棱四散飞去。想起苏轼在《南乡子·寒雀满疏篱》里写道："寒雀满疏篱，争抱寒柯看玉蕤，忽见客来花下坐，惊飞。踏散芳英落酒卮。"冰雪中熬了一冬的寒雀，梅开见喜，喧嚣梅枝，奔走相告着春的信息，完全沉浸在梅花缀树，葳蕤如玉的喜悦之中，直到客来花下，坐定酌酒，它们才觉而惊飞。斯情斯景，令人唏嘘。到底是世间的人，比起寒雀的率性果敢，我们少了勇气，短了志气。隐居在生活的泥淖里默然无语，纵是委屈的泪在眼眶里打转，身边人，手中事，却是丢不下，弃不得。

早些年，教过屠格涅夫的《麻雀》。在幼雀遭受猎狗侵犯的生死关头，老麻雀像石头般落下来，尖叫着，逼近着，吓得猎狗步步后退。弱小的鸟儿用最直接、最朴素的方式为我们诠释了母爱的伟大，无私的付出是爱最好的注脚。雀犹如此，人呢？曾经是母亲羽翼下被百般疼爱的我们，长大后，接过爱与责任的接力棒。爱的轮回，从此生生不息，世代相传。这般至纯至真，敢爱敢为的麻雀，怎叫人不多爱三分？

真正触及内心深处的，是春秋时节的麻雀。无论是轻风微醺的早晨，暮色四合的黄昏，还是细雨霏霏的初春，落叶萧萧的晚秋，漫步小城的任意一条街道，车声、人声一一过滤，抢先入耳的便是麻雀如潮般的合唱声。循着鸣声找去，粗壮葱茏的香樟树上藏着密密麻麻的小黑点儿。稚子偶有调皮，捡起石子扔向树。扑棱棱，群雀瞬间四处飞散。待到归时打树下经过，欢快的歌声又响成一片。

"我是一只小小小小鸟，想要飞却怎么也飞不高……"我想，歌声里苦苦追问的，一定不是我眼前的这些麻雀：它们活在低处，随心，率性，知足，乐观，不以物喜，不以己悲。它们穿上感性的针线，把凡尘日子里的点点欢喜缝补进理性日子的空白或残缺处。

从明天起，也把自己活成一只感性的麻雀，不为拥有，只为珍惜。

拥有的东西，总有一天会什么都不留地还回去。何必那么苦恼呢？不如把握当下，珍惜每一天琐碎的日子，珍惜每一天温暖的阳光。

积淀，成就人生的高度

徐　新

故不积跬步，无以至千里，不积小流，无以成江海。齐骥一跃，不能十步，驽马十驾，功不在舍。

——荀子

在我国南方湘粤一带有一种毛竹，漫山遍野，质地平凡而拙朴，在它最初的五年里，确实很平庸，几乎觉察不到它在生长。在别的竹类争先恐后攀比高度时，毛竹似乎一点不动声色。但是，第六年雨季到来时，毛竹终于钻出地面，而后像施了魔法一样，以每天60厘米的速度生长，迅速到达30米的高度，在六个星期内就完成了它一生所要达到的高度，并把它的同类远远地甩在脚下，创造了属于自己的神话。为什么会有这样的结果呢？寻本究源，毛竹最后的快速生长，所依赖的就是前五年的日积月累，它以一种不易被人发觉的方式向地下生根，在五年时间里伸展出长达几公里的根系。积微成著，蓄势厚发，才造就了毛竹的一柱擎天。

黄山松坚韧傲然，美丽奇特，但生长的环境却十分艰苦，因而生长速度异常缓慢，一棵高不盈丈的黄山松，往往树龄上百年，甚至数百年，根部却常比树干长几倍、几十倍，而正是由于黄山松的根扎得很深，能够汲取岩石深处的养分，才能坚强地立于岩石之上，虽历经风霜雨雪，却依然永葆青春。

毛竹在蓄势后的“魔法生长”，黄山松在风雨中的“气定神闲”，都源于基础的深厚、稳固。正是在无声中积聚了破土而出的力量，才有了毛竹喷薄而出的奇迹，才有了黄山松悬崖峭壁上的从容。

人生又何尝不是如此？如果我们在逆境中也能沉下气来，不被困难吓倒；在喧嚣中也能定下心来，不被浮华迷惑，专心致志积聚力量，也会实现自身的飞跃，成就辉煌人生。

19 世纪，一个美国男孩靠在火车上卖报纸和雪茄烟为生，可是当旅客们谈论有关投资方面的事情时，他总会全神贯注地听着，他梦想成为一个预测未来的交易商。为了这个梦想，他长大后整天躲在狭小的地下室里，将数百万根的 K 线一根根地画到纸上，并对着这些 K 线静静地思索、潜心地研究。后来他干脆把美国证券市场有史以来的记录搜集到一起，在那些杂乱无章的

数据中寻找着规律。整整六年，他集中研究了美国证券市场的走势与古老数学、几何学和星象学的关系，终于发现了有关证券市场发展趋势的最重要的预测方法，命名为“控制时间因素”。于是，他在金融投资生涯中赚取了 5亿美元，创造的理论被译成十几种文字，他就是威廉·江恩——世界证券行业尽人皆知的最重要的“波浪理论”的创始人。

其实，生命是一个创造的过程，也是一个积淀的过程，每个人无时无刻不在为自己的人生埋下“伏笔”。在平淡平凡的生活中，我们只有尽可能地聚集力量，不断坚实人生的基础，才会在最恰当的时机，散发出耀眼的光芒，顺利地攀登上人生的新高度。

滴水穿石，非一日之功。成功的关键在于沉淀，放下姿态，默默奋斗，只等到对的时刻，放手一搏！

泥土的气质

林　子

困难和折磨对于人来说，是一把打向坯料的锤，打掉的应是脆弱的铁屑，锻成的将是锋利的钢刀。

——契诃夫

泥土之德，宽厚有容，生养成物而不争，如《易经·坤卦》所云：“地势坤，君子以厚德载物。”是故，凡世间崇高之物，莫不寓于平凡之中，正像古往今来那些先贤大德之人，虽处众人之中，但看上去就和平常人一样。

泥土之性，谦卑有情，能忍人所不能忍，处众人之所恶，故能成其大。正像世上有一种人，他似泥土那样有善德，存心质朴，谦逊卑微，低调处世，甘愿处在人们所不愿处的地方，忍受常人所不能容忍之事，却能乐而忘忧，所以，其志必高，其所致必远。

然而，有的人总以为泥土柔弱，就轻视它、欺压它，常常狠狠地将它踩在脚下，“呵，我多伟大！”

其实，泥土看似柔弱，但它的适应性和可塑性极强，能方能圆，能柔能刚，能屈能伸，于无形之中默化，虽眼前柔弱，却转而变得如城墙一般坚硬。君不见，那雄伟的万里长城，历经千年风雨，仍然屹立不倒，多像中国人的精神啊！古长城所用的每一块青砖，其实都是用泥土烧制而成的。试想这松软的泥土，被人借助于外力和模具，将泥料加工成砖坯，再送进土窑里烧制，它要忍受住怎样的高温啊！待它出窑水冷后，它便拥有了生命的硬度，用它砌筑的城墙，坚不可摧，能不令人叹喟吗？

由泥土不禁联想到一个人的遭遇。如果一个人将生命中的逆境视为一副炉锤，能受其锻炼，则身心受益，便会拥有像泥土一样的气质和生命的硬度，这种人即便成不了豪杰，也一定会成为卓尔不群的人！

太极讲究以柔克刚，借力打力。生命也该具备这样的任性，在时光的回旋中不断利用这种韧性，使其更加顽强。

黑纹猫的自控力

荒 沙

最大的仇敌，莫过于自己的情欲。

——伊朗

印度山林里有一种野猫，因为身上有黑纹，当地人管它叫黑纹猫。山林里还有一种老鼠叫牙鼠，因为它的牙齿比普通老鼠要长而得名。

黑纹猫有着超强的捕牙鼠本领，据传，它在半天内便可捕捉近 10 只。可在现实中，却常会出现令人不解的一幕，黑纹猫面对一群牙鼠，不但没有快速冲上去，反而吓得夺路而逃，这让人十分不解。

情况是这样的：山林里每月都会出现牙鼠聚集的现象，这些鼠围着一个倒下的树干，疯狂啃咬，那是它们在磨短自己的牙齿，以防影响进食。但细心的人总会发现，每次牙鼠聚集的地方，都会生长一种小小的蘑菇，叫毒蝇伞，牙鼠啃咬树干前，会齐心协力用前爪把一些毒蝇伞弄断，然后把它们放在离自己大约 15 米远的地方。

这样大的鼠群聚集，很快便会有黑纹猫悄悄地靠近伺机捕捉。可就在这时，黑纹猫如果发现牙鼠们事先放好的蘑菇，便会忘记捕鼠先吃蘑菇，原来，黑纹猫不但喜欢吃牙鼠，也很喜欢吃这种毒蝇伞。有趣的一幕就发生在这以后，鼠群发现黑纹猫吃了毒绳伞，便会跑到黑纹猫的面前，打闹嬉戏，按理说，黑纹猫受到了挑衅，应该立即冲上去，可正相反，此时的黑纹猫全无威风，根本不敢靠近牙鼠，最后，快速地逃跑。

发生这一幕，都是毒蝇伞在作怪。它含有致幻成分毒蝇碱，食后不一会儿便进入幻觉状态，看到的东西都被放大，黑纹猫吃了这种蘑菇后，眼前的牙鼠会变得无比巨大，因此，黑纹猫只能落荒而逃。

牙鼠为了得到一个安全的环境完成磨牙任务，想到用这个方法制伏黑纹猫，令人称奇。可黑纹猫吃毒蝇伞却着实让人惋惜，我们人类也常常因为一些控制不了的欲望，而让我们变得失败到底。

欲望是种本能，有欲望说明还有追求。可是欲望过了，就成了妄想，仿佛有无形的手拽着你步入黑暗得深渊。不贪心，也是智慧。

掠鸟的蚂蚁浴

程骏驰

天分高的人如果懒惰成性，亦即不自努力以发展他的才能，则其成就也不会很大，有时反会不如天分比他低些的人。

——茅盾

委内瑞拉南部森林里有一种掠鸟。这种鸟不爱清洁，身上非常脏，寄生了许多小虫子。因为这些小虫子的存在，掠鸟身体非常痒，但它们有一个非常好的解痒办法：洗蚂蚁浴。

某个时候，掠鸟会从天空中落到蚂蚁群中，蓬松开羽毛，在地上不断翻转身体，让蚂蚁咬嚼身上的脏东西。只见它一会儿把身体的这一侧躺在蚁群中，一会儿另一侧着地，舒服得“吱吱”叫……原来，这些蚂蚁在掠鸟落地后，便会自动爬上它的身体，寻找小虫吃。

掠鸟和蚂蚁配合得很好，双方都受益。可现实生活中，有一种情况值得关注。掠鸟常常在洗完蚂蚁浴后不久，突然间落到地上痛苦地挣扎，拍打着翅膀，这是怎么了呢？

原来，当掠鸟第一次享受蚂蚁浴后尝到了甜头，便会对蚂蚁产生过度依赖而变得越来越懒，它身上的寄生虫就越来越多。可前几次它们身上虫子少，蚂蚁很快会清理完毕，然后从掠鸟身上撤下来。可当掠鸟身上虫子越来越多时，蚂蚁群清理的时间就越来越长。掠鸟可不管这些，它们享受够了以后便起身飞走，结果导致大部分蚂蚁还没及时撤下来，便被带到天上。等这些蚂蚁把它们身上剩余的寄生虫清理完准备撤离时，却无法着陆了。又过了一段时间后，蚂蚁因为没有寄生虫可吃，又搞不到食物，便开始啃咬掠鸟。这就出现了刚才的那一幕，掠鸟因为蚂蚁啃咬的疼痛而落到地上挣扎，有些甚至因为无法承受而死去。

掠鸟之所以被折磨得痛苦不已，完全是因为它的懒惰和贪图享受。人类的生活也是如此，如果不能克制这两个问题，痛苦便像一颗定时炸弹，随时会在我们身边爆炸。

懒惰是万恶的根源。一个总想不劳而获的人，当然也不会对别人的劳动有尊重。自食其力，到哪儿都有自尊。

忘记仇恨的灵灵鸟

小　程

人之心胸，多欲则窄，寡欲则宽。

——金缨

塞舌尔森林里有一种黑羽鸟，这种鸟堪称神奇的小偷，无论是天上的，还是地下的，它都会偷个遍。

灵灵鸟与黄皮鼠都生活在这一区域，都有储物的习惯。每当秋天来临时，灵灵鸟总会把一些籽类食物藏在树洞里，黄皮鼠也会找来豆类物质储存在洞穴里。这样一来，黑羽鸟便有了可乘之机，常常将灵灵鸟和黄皮鼠的储物偷走。可无奈的是，黄皮鼠和灵灵鸟都比它弱小，因此，它们对黑羽鸟进行直接攻击是不可能的。

还好，两种动物在长期与黑羽鸟的斗争中积累了经验，它们发现自己的储物丢失后，会不动声色地观

察黑羽鸟，黑羽鸟进食时，一定会到藏匿食物的地方，它们就会发现食物的藏匿点，趁黑羽鸟不在时，迅速将所有食物搬回自己的领域，然后重新把它藏好。

令人不解的是，东西失而复得，灵灵鸟和黄皮鼠表现出了截然不同的状态。黄皮鼠连续鸣叫几天后，会默默地死去，而灵灵鸟却如往常一样生活。为什么会出现这种反差呢？原来，这完全是灵灵鸟和黄皮鼠性格决定的。黄皮鼠东西被偷后，它对黑羽鸟便怀恨在心，时刻崩紧神经，寻找各种机会报复，再加上每天都要防止黑羽鸟再次偷粮。几天后，因为神经高度紧张，情绪和状态越来越差，最终忧郁而死。而灵灵鸟却不然，它每天如往常一样生活，而且吃亏长智，隔上几天，便会把储物挪到另一个树洞……

黄皮鼠和灵灵鸟的不同结局，值得我们深思。人生在世，总有那么一些人是你憎恨的，也是你难以忘记的！但要记住：被恨的人是不会有任何痛苦的，而去恨的人却满身伤痕。所以，憎恨是一件得不偿失的事情！

仇恨不过是用生气来惩罚自己，就像伤疤越结越深。要做一个宽容的人，该忘却的忘记，该原谅的原谅，莫让怒气伤到自己。

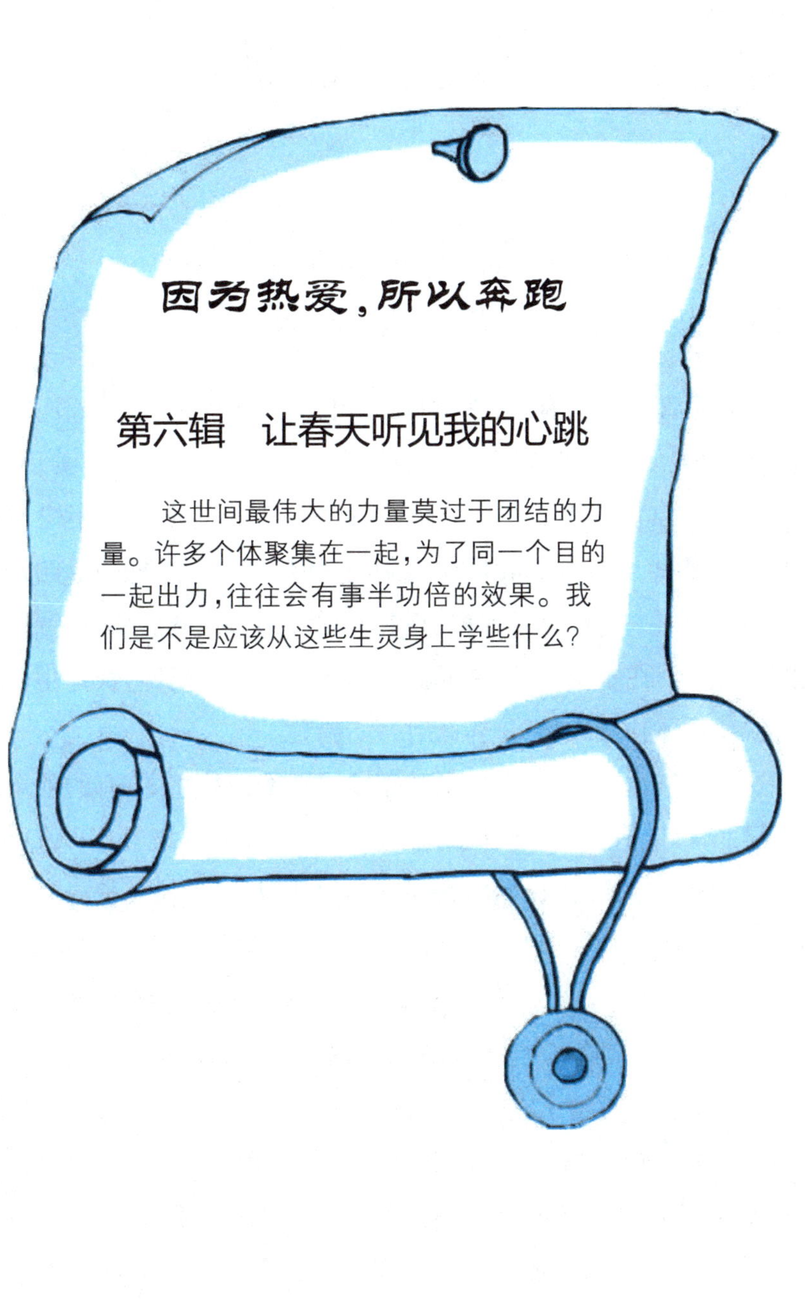

因为热爱，所以奔跑

第六辑　让春天听见我的心跳

这世间最伟大的力量莫过于团结的力量。许多个体聚集在一起，为了同一个目的一起出力，往往会有事半功倍的效果。我们是不是应该从这些生灵身上学些什么？

独立树的成长

荒　沙

然后知生于忧患，而死于安乐也。

——孟子

摩洛哥西部平原上有一种树叫独立树，全身赤褐色，叶片长而厚实，花儿呈球状，洁白美丽。当地人叫它“蓬尹迪卡萨里尼特”，意思是“善良的母亲”。这种叫法源于独立树的成长不用种子，而是从树根上萌生出小树，在小树渐渐长大的过程中，独立树的花球便会凋谢，随后结出一个椭圆形的奶苞，在苞头的尖端生长出一种像椰条那种形状的奶管，奶苞成熟后奶管里便会淌出黄褐色的“汁液”滴在小树上，小树靠着大树的汁液作为营养，快速生长发育，最后根部脱离母体独立成长，母体此时开始凋萎。

在这一区域内，每一株独立树的繁殖成活率不尽相同，有的独立树下，小幼树长得非常好，有的却不禁风雨很快死亡。有关人员指出，出现这种现象完全是由大树来决定的，大树生命力强分泌的汁液多，小树成长得就好。反之，如果大树分泌的汁液少，小树成长得就差。可还有一个现象不得不提，凡是成长较好的幼树，大树枝叶一定不茂盛，反之，凡是成长差的幼树，大树枝叶一定很茂盛。人们不禁猜想，是不是有些大树太贪长而忽略了小树，有些大树过度照顾小树把营养都给了它，而自己却长不好呢？经研究证实，这种观点是错误的。后来，权威机构给出了独立树成长的科学解读，小树靠大树汁养这是生命的必须，但它的成长还有许多外在条件。大树长得不好，小树长得好，那是因为小树没有了大树的照顾，经风雨、见世面，慢慢适应了环境独立生长。相反，有些大树长得茂盛，它的树叶为小树遮风挡雨，可小树一旦离开大树的保护，便会不适应环境，而很快死亡。

独立树的成长启示着人类的成长，它告诉我们，经受风雨，看似对你不公平，可你绝对会更顽强地成长；有人庇佑，看似有利于你的人生，但你在温暖的环境里正慢慢走向衰亡。

生于忧患，死于安乐。纵观历史，困境从来都是成就人，而那蜜罐似的温床，却置人于死地。

丹顶鹤撒奇

雨 街

充沛的精力加上顽强的决心,曾经创造出许多奇迹。

——狄更斯

在松嫩平原的沼泽和沼泽化的草甸中,那里生活着丹顶鹤爸爸撒奇和丹顶鹤妈妈露西。这里是国家的自然保护区。

广袤的沼泽地里,不仅有丹顶鹤喜欢吃的小鱼和小虾,还有柔韧的水草在风中摇曳着,而刚刚长出的芦苇花上,还有美丽的水鸟落在上面翩翩起舞。

天空很蔚蓝,鱼鳞一样的白云倒映在波光粼粼的水面,水面上便升腾起一片薄薄的烟气,水里的小鱼小虾也仿佛晃动起来。

撒奇站在清澈的水塘边,慢慢抬起一只脚,在水里洗了洗,落下。然后向远处望一望,再慢慢抬起另一只脚,蜷在腹下,久久不肯放下。

"嗝啊……嗝啊……"撒奇长长的脖子像静止了一

样，死死地盯着来自声音的方向，那是他的妻子露西在呼唤他。

听到露西焦急且惊恐的叫声，撒奇知道一定是露西遇到大的麻烦了。

撒奇再也没有心情捕捉小鱼小虾了，瞬间在水面上扇动着翅膀狂奔起来，一时间水花乱溅。

撒奇的双腿渐渐离开了水面，翅膀也一上一下地拍动着，不长时间，他就飞回自己家的上空。

妻子露西正孵化他们的子女呢，今天在外出之前，露西还亲昵地弯着长脖子在撒奇身上偎来偎去，后来还抬起身子让撒奇看了看腹下的卵，那卵经过露西体温的孵化，洁白如玉的蛋壳已经变成暗黄色，表面还有蜿蜒的黑红色的细丝，就像是裹在里面的鹤宝宝的血脉在流动。撒奇马上要做爸爸了！

撒奇低下头，用喙触碰了一下那将要孵化的卵，就像在亲吻他们，然后，侧目瞅着，大概是想看看小宝宝的模样吧！

露西像是怕惊醒睡梦中的鹤宝宝似的，冲着撒奇先仰着脖子轻轻地叫了一声，然后把脖子弯曲成一个大大的问号，用喙把身子下的卵往一块儿拢了拢，又挪了一下身子，把这些卵重新覆盖在羽毛下面，伸着脖子往外推撒奇，那意思是在说："我饿了，快去捕猎去吧！"

撒奇恋恋不舍地离开露西和他的小宝宝，但心还是牵挂着露西的安危，没想到，他刚刚离开，就传来露西的呼救声。

"是什么动物在侵袭露西呢？"撒奇降低了飞行高度，仔细观看着，那是一只刚刚成年的草滩狐。

露西扇动着翅膀，身子半蹲着，头随着草滩狐奔跑的方向转动着。

草滩狐通体雪白，只有尖尖的嘴尖上有一块黑黑的肉球，眼睛周围也有一圈黑色的眼圈，就像戴着一副黑框眼镜一样，又粗又长的尾巴拖在身后，嘴里"啊唔啊唔"地叫着，仿佛在说："我可要冲过去了，我想吃你的卵呀！"

露西的头一弯一弯的，长长的喙像一把带柄的水果刀，不停地挥舞着，阻止着草滩狐的进攻。

草滩狐左冲一下，右扑一下，他是想引诱露西离开自己的巢穴，那样他就有偷袭的机会了。

在草滩狐的不断骚扰下，露西的翅膀扇动得更厉害了，两条腿已经离开了地面。

撒奇见情况不妙，从空中飞扑下来，强有力的翅膀向下一倾斜，锋利的羽翎就从草滩狐的脊背上扫了过去。

草滩狐见露西搬来了救兵，顿时也提高了警惕，做好了迎击的准备。只见他身体向下一蹲，接着后腿猛地在地上一蹬，身体就跃起二三米高，同时张开大嘴，向着撒奇咬了过去。

撒奇没想到草滩狐会这样凶猛，紧扇了一下翅膀，急忙向高处飞去，还是晚了一步，翅膀上的羽毛被草滩狐咬下来一撮，像飘在空中的小船，摇晃着慢慢地落到地上。

撒奇的翅膀发出“啪嗒啪嗒”的声音，仿佛失去了向上的浮力，扇动的节奏也杂乱起来，一路歪斜地落在了不远的地方。

草滩狐的身体就像一道白光，向着撒奇的方向冲了过去，蓬松的尾巴随着身体的奔跑上下舞动着，那样子不像是在追赶一个猎物，更像是踩着高跟鞋走T形台呢。

撒奇一路歪斜地在前面奔跑着，草滩狐身子一纵一纵地紧紧跟在后面，但无论怎么努力，就是追赶不上。

跑了不长时间，草滩狐多少有些气馁，而撒奇也感觉到了草滩狐脚步的变化，也放慢了脚步，引诱草滩狐接着追下去，直到远离了自己的巢穴，才舒展开翅膀，飞了起来。

草滩狐知道自己上当了，但他好像并不急于离开，埋下身子，竟然在那里挖起洞来。

撒奇在空中滑翔着，注视着草滩狐的举动。

原来，草滩狐见撒奇突然飞了起来，腿就像踩了个急刹车，但随着惯性，一只前爪竟然滑到一个洞里，这真是失之东隅，收之桑榆。

草滩狐低下头，嗅了嗅气味，那堵在洞口的土显然是草地鼠刚堵上的，说明草地鼠就在洞中，草滩狐顿时兴奋起来，大有不把草地鼠从洞中挖出来誓不罢休的样子。

挖了一会儿，草滩狐卧在地上，将爪子伸进洞中，像是向外掏着什么，自然什么也不会掏到。

躲藏在洞中的草地鼠缩在角落里，惊恐地瞪着眼睛，一动也不敢动。

草滩狐站起身来，又在洞口张望了一会儿，接着也向别的地方跑去。

撒奇见草滩狐跑开了，越飞越高，洁白的翅膀上也被夕阳镀上了一层暗淡的金黄。

然而，草滩狐跑了一段路后，又蹑手蹑脚地返了回来，并把自己隐藏进一片草丛中，那样子，就像突然从草滩上消失了一般。

草地鼠是一种好奇心很强的动物，他在洞里听到草滩狐跑开了，仿佛非要亲自出来看一看才踏实。不一会儿，洞口便露出草地鼠那蘑菇头似的小脑袋，探头探脑地向外观察着，由于草地鼠长年在地下生活，视力极差，自然什么也不会看到。

草地鼠抖了抖胡须，用后腿站起身体，拉长了脖子向草滩狐逃走的方向注视着，而埋伏在他身后的草滩狐只一个前扑，就把草地鼠按在爪子的下面，草地鼠扭动肥硕的身子，“吱吱”尖叫着，想要从草滩狐的爪子下挣脱出来，哪里还有机会呀！

草滩狐叼着草地鼠离开了，撒奇也返回家中。

撒奇的翅膀向下倾斜着逐渐降低高度，然后反拍着翅膀落下来，露西轻轻叫了两声，好像在说：“孩子们，都出来吧，爸爸回来了！”

圆圆的巢穴里，就像揭幕仪式一样，一下子站起来三只小丹顶鹤，蹒跚着向撒奇跑了过来。

卵生动物是没有奶水可吃的，所以他们孵化出来的第一件事就是去水边补充水分。谁知让草滩狐一骚扰，就给耽误了。

露西轻轻叫了几声，就领着三只小鹤向前走去，撒奇则走在队伍的最后，以防有的小鹤掉队。

刚出壳不久的小鹤腿软软的，迈的步子也很小，露西迈一步，小鹤则要迈上十几步，就是这样，小鹤还会经常被倒在地上的芦苇拦住去路，身体强壮的小鹤就扇动着翅膀不停地向高处跳，直到跳过那根细细的芦苇为止，而身体弱的小鹤也想跳过去，却被芦苇秆绊了个跟头。

丹顶鹤一家走走停停，最后来到一个水塘边，选了一个水很浅，但很清澈的地方，三只小鹤一直盯着鹤妈妈，露西低下头，把水含在嘴里，仰起脖子，嘴尖竖起来，一口水就喝了下去，小鹤们也学着妈妈的样子，做着同样的动作，嘿，他们从此喝到了生下来的第一口水。

小鹤们很兴奋，后来他们挤到一块儿，争着抢着喝同一个地方的水，好像那儿的水才更甜。

喝完水，撒奇和露西又一前一后领着他们返回自己的家。

回到巢穴，撒奇像卫士一样守在巢穴边，露西展开她的大翅膀，三个小鹤钻到下面，露西充满爱意地把脖子弯下来，轻轻拢着三只小鹤，不长时间，鹤妈妈和三只小鹤都进入了甜甜的梦乡。

三只小鹤在鹤爸爸和鹤妈妈的精心照料下长得非常快，两个月大时，身体就长得有父母一半大小了，还长出了坚硬的羽毛。

其间，也曾发生过一次危险。

那天，鹤爸爸去塘边觅食了，三只小鹤便围在露西身边追逐打闹起来。

小鹤们的举动，引起了一只草原鹰的注意，他无声无息地盘旋在三只小鹤的上空，观察着这三只小鹤的情况，等他确定鹤爸爸和鹤妈妈并没在他们身边时，便像一片乌云一样，向着其中一只小鹤飞扑下来。

三只小鹤长这么大，第一次遇到这么危险的情况，顿时被吓得乱作一团。

露西听到三只小鹤的叫声，顿时从睡梦中惊醒过来，也立刻大叫了一声，那是她向鹤爸爸撒奇发出呼救信号，也是向草原鹰发出警告，不要动她的孩子。

草原鹰没理会露西的警告，只见他抖动着翅膀，强有力的爪子向下一伸，随之又向回一缩，就把一只小鹤带到了高空中。

看到自己的孩子被草原鹰抓走了，露西也"嗖"的一声飞上了天空，从后面紧紧追赶。

草原鹰的飞行速度要比丹顶鹤快，但他现在爪子上抓着一只拼命挣扎的小鹤，速度自然就慢了许多，没追一会儿，草原鹰就被露西追上了。此时，愤怒已经让露西失去了理智，只见她一个上跃，就飞到了草原鹰的上方，并挥动着翅膀向着草原鹰扇了过去，草原鹰心中一惊，长啸一声，随之下降高度，而扇空了的露西，就势收拢了翅膀，一下子落在草原鹰的后背上，草原鹰哪里还飞得动，扑腾着翅膀直直地落到了地上，被草原鹰掳在爪下的小鹤也落在不远处的草丛中。

草原鹰一落地，就和露西打斗起来，草原鹰依仗着敏捷和锋利的喙，撕扯着露西身上的羽毛，而露西则舞动着她那小刀把一样的大嘴，重重地敲击着草原鹰的身体，不长时间，草原鹰身上的羽翎也被折断了好多根。

草原鹰见势不妙，在地上蹦跳了几下，像一溜烟似的向空中逃去，结果迎头撞上火速赶来的鹤爸爸撒奇。

面对敌人，撒奇更是凶猛，只见他收拢的翅膀猛地打开，借着急速下降的惯性，迎头扇在了草原鹰的脑袋上，只一下，就把草原鹰的脖子击断了，草原鹰随之翻滚着落到了地上。

露西在草丛中找到那只小鹤，只见他全身湿漉漉的，脊背上还被草原鹰的利爪划了一道口子，还在淌着血水。

鹤妈妈难过地垂下头，用脖子把这只小鹤紧紧揽在胸前，一副唯恐失去的样子。

母爱是伟大的，不光是因为哺育了后代，更重要的是，在危险来临的时候，为了保护孩子，会与外敌做殊死搏斗。而母爱在此刻爆发出的力量也是无穷的！

草原激斗

雨　街

在甜蜜的梦乡里，人人都是平等的，但是当太阳升起，生存的斗争重新开始时，人与人之间又是多么的不平等。

——《总统先生》

獴的邻居蝙蝠耳狐已经捕猎归来，他跑在草地上，只发出轻微的、细小的“沙啦沙啦”响声，站在沙棘树上放哨的另一只獴攀着树枝低头向下望着，只见那狐嘴里叼着一只草原犬鼠，绕着树下的阴影，跑了过来，就在这时，攀在沙棘树上放哨的那只獴猛地摇晃起树枝，狐爸爸顺着声音抬起头，只见狐妈妈像在草尖上舞动的绸带一样，迅速地向这边跑了过来。狐妈妈跑来的方向是下风口，她嗅到了敌人的气味，而狐爸爸此时在侧风面，所以他闻不到危险的气味，这就很危险。

正在狐爸爸迟疑的片刻，眼前的草丛突然就像被梳子分开一样，“唰唰”地向两边倒去，此时狐爸爸终于看清了，像溜冰一样爬来的是一条他从未见过的大蛇。

那蛇头部呈椭圆形，微抬着头，细长分杈的蛇芯子从沟牙之中长长地伸出来，像探测器一样左右扫描着，长达五六米的黑褐色身躯碾过草丛，“呼呼”地向狐爸爸猛扑过来。

狐爸爸知道自己不是眼镜王蛇的对手，但他还是摆开一副决斗的架势，径直向眼镜王蛇扑去。

而獴娜丽莎比狐爸爸的动作更迅捷，只见她猛地向后紧绷嘴角的肌肉，露出厚厚的门牙，身体像画了一条弧线一般，尾巴也像一缕烟在眼镜王蛇的身上拔地而起。只是一口，獴娜丽莎就咬开了眼镜王蛇的肌腱，就是这样，獴娜丽莎还是不肯松口，而是拼命左右摇晃着脑袋，只听“刺啦”一声，一块蛇肉连骨带皮就被撕咬下来。眼镜王蛇放弃了对狐妈妈的进攻，反头向獴娜丽莎袭来，而獴娜丽莎的速度比眼镜王蛇更快，在眼镜王蛇袭来之前百分之一秒，跳到安全的地方，而眼镜王蛇收势不住，竟一头击在自己的尾巴上，随着“咚”的一声巨响，那尾巴应声而断，眼镜王蛇的眼角上也有血流了出来，也许是被自己尾巴上的骨刺刺破了，他像疯了一样甩着已经断了一截的尾巴，一时间草屑乱飞。

獴娜丽莎越战越勇，她身子向后一蹲，前腿平扒在脑袋前面，好像腿要给身子带路一样。

眼镜王蛇左右晃动着脑袋，防御着獴娜丽莎的进攻。果然，獴娜丽莎后腿突然发力，一个箭步就迎着眼镜王蛇的颈部扑去，眼镜王蛇不躲不避，迎头向獴娜丽莎撞击过去。

眼镜王蛇的头部就是重重的利器，鸡蛋粗的木棒在他的迎头撞击下都会一断两截，要是撞击在獴娜丽莎身上，非把獴娜丽莎的骨骼击得粉碎不可。

但眼镜蛇王不知道刚才獴娜丽莎的进攻是虚晃一招，她只是身体向前一跃，随之又退了回来，而蛇的重重一击扑了个空，直挺的身子就像安着弹簧一样，又硬生生地把蛇头拉了回去，而獴娜丽莎随着眼镜蛇王的收势，身子重新扑了上去，眼镜蛇王再想反击哪里还来得及，只好眼睁睁地看着獴娜丽莎在自己身上又猛咬出一个洞来。

獴娜丽莎左闪右躲地进攻着，眼镜王蛇也一次次把头伸向獴娜丽莎，想把她一口咬住，但獴娜丽莎躲得很快，眼镜王蛇总是咬不到她，自己的身上反而让獴娜丽莎重重地咬了几口。越是这样，眼镜王蛇越有被戏耍的感觉，就越发狂怒。

眼镜王蛇一次又一次徒劳地出击着，直至筋疲力尽，软软的身子盘成一团，把椭圆形的脑袋保护在最里面，颤抖着，再也没了刚才的凶残之相，獴身上的毛竖着，拖着一缕烟似的大尾巴，绕着眼镜王蛇转着，就在獴娜丽莎寻找着进攻机会之际，攀在沙棘树放哨的那条獴突然摇晃着树枝，发出“咿啊咿啊”的叫声，他是在向獴群发出信号，意思是敌人来了，要小心！

原来是一头母狮子赶了过来，眼镜王蛇此时哪里还有反击之力，他回头张开大嘴，发出“咝咝”的声音恫吓着，但母狮仅一个捕捉动作，分开的四肢就紧紧地踏在了眼镜王蛇的身上，前爪死死按着蛇头，防止他反咬一口，前曲的后爪则像手术刀一样猛地向后划去，巨大的眼镜王蛇的躯体转眼间就被剖开一条长长的口子，站在沙棘树上放哨的那个獴显然被眼前的情景惊呆了，以至天空中顺势飞来的大斑鹫都没注意到。

只见那大斑鹫翅膀一斜，铁钩一样利爪扫过草丛，就把在地上翻滚的眼镜放蛇抓了起来，然后两翅迅速向上扇动，就像飞机猛然拔高一样，直直地升到沙棘树的上空，然后松开双爪，眼镜王蛇的身躯翻滚着直直地落下来，重重地砸在沙棘树上，沙棘树的树枝向下一弯，又猛地向上反弹回去，无数沙棘树的树枝像剑一样穿透了眼镜王蛇的躯体，死死地把他钉在了上面。

生存是残酷的，唯有勇气与智慧并存的人才会赢得胜利。物竞天择，适者生存，人类的生存何尝不是这样！

雨季游巴厘岛

王维新

旅行对我来说，是恢复青春活力的源泉。

——安徒生

2014年元旦的前一天，我和家人来到4700多公里之外的巴厘岛。我们乘坐东方航空公司的MU5105次航班，15:30从首都国际机场起飞时，北京还是一幅满目苍黄的严寒景象，人们穿着臃肿的羽绒服，各个都像棉猴。上了飞机，有人开始减衣。

我俯在窗口，注视天空的景象。飞机上升到11000多米的高度，天上一片瓦蓝，没有一丝云彩，在飞机之下却是翻滚的云海。大概到了18:00前后，天象发生了奇妙的变化，天边出现一溜绛红色的光束，我以为那就是我们通常所说的晚霞，上边的天还是蓝的，和飞机平行的空间已经变黑了，好像拉上了一层幕布。

22:30，飞机在登巴萨机场徐徐降落。我发现外面下着大雨，地面湿漉漉的，有些

地方形成了水沟，就是听不见声音。

尽管已经是深夜时分，走出机场，仍然感觉热浪滚滚，有一种热浪蒸腾的感觉。旅客们在海关办理通关手续的等待中，纷纷换上了夏装。

地陪是一个中等个的青年男子，微胖，自称25岁，名叫陈永胜，是第四代华侨。他让大伙喊他阿宝。我们刚刚站定，一个当地姑娘走过来，笑盈盈地给每人脖子上戴上了一个花环。这个花环是用鲜花做成的，花朵有点像牵牛花，但是质地厚一些，有毛绒绒的感觉，颜色呈白色，花蕊是黄色的。阿宝说这叫鸡蛋花，是巴厘岛的岛花，它香气袭人，还有驱蚊、清火的药用功效。

我们一行27人，4个孩子，23个大人，分两批安排住宿。姓胡的女领队带一拨人，阿宝带一拨人。我们的行李由小型工具车分别拉走，我们被安排坐上中巴车，开始上路。

我感觉离开机场后我们向乡村走去，道路比较狭窄，路况也不好，时不时出现颠簸和摇摆。我有些暗暗的担心。窗外雨还在“唰唰”地下着，车外黑魆魆的，几乎看不到什么。

阿宝站在车前，弯着腰，面对我们开始讲解。他的中文虽然不是很流利，但是能够听懂。经过他的介绍，我感到非常陌生的巴厘岛在我眼前渐渐清晰了。

巴厘岛是印度尼西亚 13600 多个岛屿中最耀眼的一个岛屿，位于印度洋赤道南方 8 度，爪哇岛东部，岛上东西宽 140 公里，南北相距 80 公里，全岛总面积为 5620 平方公里。地处群岛西端，大致呈不规则菱形，主轴为东西走向。人口约 315 万人。地势东高西低，山脉横贯，有十余座火山锥，东部的阿贡火山海拔 3142 米，是全岛最高峰。日照充足，大部分地区年降水量约 1500 毫米，干季约 6 个月。经济发达，人口密度仅次于爪哇，居全国第二位。居民主要是巴厘人，信奉印度教，以庙宇建筑、雕刻、绘画、音乐、纺织、歌舞和风景闻名于世，为世界旅游胜地之一。

车行了好长时间，终于停下来了。我们开始下车，走到车门口，有人在地上放了一个小凳子，我们下来后，服务生搭着伞把我们送到房间，虽然语言不通，但是，他们脸上的微笑给我的感觉是憨厚和真诚的。

我们的巴厘岛之旅安排 6 天时间，住宿 4 个晚上。前两晚安排住在别墅度假村，他们称其为菲拉。我们住宿的这栋别墅共有 3 间房，我们住两间，另一对母女住 1 间。大门是朝南开着的。东边是餐厅和开放式厨房。

打开 2012 的房门，正对着房门是一张大床，左边隔段是一个衣柜和穿衣镜。再向左有小门，里面是洗手间，还有淋浴蓬头和浴盆。可是，东边的房顶是敞开着的，房子的地上种着芭蕉和其他一些不知名的热带植物，雨水就下到了房里的花草上，发出窸窸窣窣的声响。背墙只有两米高左右，给人有一种不安全的感觉。

草草地洗了一下，我一看表已经凌晨 1 点多了，赶快睡觉。为了以防万一，我用凳子顶住洗手间的房门。躺在床上，虽然非常疲劳，可就是睡不着。我望着房顶，木质材料结构，四角插着四个小红灯笼，散发着微弱的黄光。

忽然，我听见洗手间里好似千军万马奔驰而来，“哗哗哗哗”由远向近，雨声越来越大。不一会儿，又好像万马奔腾而去，渐行渐远，渐行渐小而去了。如此周而复始了一夜。

天空泛白了，我起来拉开门帘，院子中间有一个游泳池，清澈的池水泛着蓝光。雨还在下着，雨点落在池水中，形成无数个透明的圆泡泡，它们在水面上游弋、诞生、破灭，又诞生。

院子里有几棵鸡蛋花树，雨打树叶啪啪作响。树枝茂盛，树叶碧绿，花香扑鼻。院子里湿润的空气中有一种不曾相遇的清香。这种花树我是第一次看见，感到它很新奇，它的叶子有点像我们中国北方的柿子树叶，就是叶片稍大一点，显得光滑青嫩。它们被雨洗礼，就像出浴后的新娘一样美丽。

鸡蛋花又叫缅栀子、蛋黄花、印度素馨、大季花，在我国西双版纳以及东南亚一些国家，鸡蛋花被佛教寺院定为“五树六花”之一而被广泛栽植，故又名“庙树”或“塔树”。其树形美观，奇形怪状，全株茎秆含有乳汁。鸡蛋花为夹竹桃科，鸡蛋花属落叶灌木，是热带地区开花最美丽的多肉植物，在热带的地栽高度可以达到 4～5 米，是重要的庭园植物，在北方只能盆栽观赏，通常在2米以下。鸡蛋花在温室栽培时冬季会落叶，这是其耐寒性差的表现，但落叶后光秃的树干弯曲自然似盆景，也有很强的观赏性。

早饭是西餐，分餐制，有刀叉，没有筷子。每个餐盘和饮料杯子上都盖着纸片，大概是为了防止苍蝇的侵袭吧。

用完早餐，我们出发了。虽然雨大，行程不能改变。我们如期来到南湾海滩坐船。

快艇的冲浪让雨水更加疯狂。我坐在船头，雨借风势，来势更猛，尽管我搭着伞，衣服还是被淋湿了。雨水、海水、汗水混为一谈，怎么也分不清了。同伴们呼喊着，狂笑着，向大海致敬，向雨水挑战。

印度洋白茫茫的一片，白色的浪花在翻滚着，可以隐约看见岸边的花树和停泊在海湾的船舶。大海令人心旷神怡，令人一览无余，令人遐想无穷。

下了船，阿宝说，女同胞们去编辫子，免费的，你家里有几个人，就编几条辫子。会水的人去潜水和海底行走，玩一把刺激。我是旱鸭子，只能坐在海边的大排档里观风景，我又看到了许多鸡蛋花树，树枝在微微摇曳，花香随着海风飘过来，沁人心脾。

后两晚我们住在五星级酒店里，这里有自己的沙滩和海湾，每个房间都有花园，可以任意游泳。电视信号也不错，只是多数听不懂，只有中文国际和凤凰卫视两个台可以看。

旅游是很累人的事情，难怪有人说，旅游就是在一个地方住久了，感到麻木，没有新奇感了，就到另外一个地方去花钱买罪受。

尽管如此，我在这里还是看到了许多中国人来巴厘岛旅游。

到了逛古达洋人街的时候，阿宝说，这里的产品只看不要买，买了就是三个保证：衣服保证掉色、保证缩水、保证后悔。巴厘岛没有工业，打火机之类的东西都是从中国进口的，在中国买一个打火机几毛钱，在这里要5万印尼盾。

我为阿宝的真诚所感动，走了一路，他没有动员我们买什么东西，只是不断地善意提醒要注意安全，不要丢了东西。我参加过不少的旅行活动，像阿宝这样优秀的导游让我钦佩。

有人说旅游就是上当，上了一当又一当，当当不一样。阿宝改写了导游在我心中的形象。

鸡蛋花是巴厘岛的宝贝，像阿宝这样诚信的服务与巴厘岛的美丽同在，他永远镌刻在我们的记忆中。

最后一天的早晨，我们起床后，发现外面阳光灿烂，走出房间，热浪扑面而来，太阳晒在身上有一种针刺的感觉。本来我想把保暖衣穿好，免得在飞机上换衣服不方便，可是，感觉闷热难耐，只好回到房间脱掉。看到天晴了，妻子把外孙的雨衣装进了行李箱。我们吃完饭又乘车上路，要去看海神庙。

路上堵车严重，行进缓慢，只见像蚂蚁一样的摩托在路上黑压压一片，他们飞奔着。就像一股浪潮。快走到海神庙的时候，我突然发现天空上来一朵黑云，霎时，太阳被云雾遮住了。到了我们下车的时候，倾盆大雨如注，稀里哗啦从天空突然而降，雨柱斜插着、交织着扑向地面，顿时脚下水流成河。我们在惊愕之间，一群妇女围上来兜售雨衣，租赁雨伞，大家只好掏钱寻租避雨工具。

石阶地面顿时变得湿滑难行，阿宝不断提醒大家小心。海神庙在风雨飘摇中被海蓝包围了。阿宝说，涨潮的时候，海神庙就到了海中央，退潮的时候，从岸边可以走到海神庙去。大家站在海边，以海神庙为背景，阿宝给大家拍照，尽管雨水连连，表情还是笑嘻嘻的。

据说，1~3 月是巴厘岛的雨季，有时候每天要下几次雨。这里的雨来无踪去无影，下得快，停得也快。难怪我们在岛上没有看见一个人穿皮鞋和袜子，各个是短衣短裤，趿拉着拖鞋。一方水土养一方人，他们已经习惯了这种变幻无常的气候。

雨季游巴厘岛，给我留下了深刻的印象，这是大自然的馈赠。

心或者脚步，至少有一个应该在路上。一生应该有这样很多次出行，不为生活，只为修心！

没有私心的吊床鸟

程　刚

一切使人团结的是善与美，一切使人分裂的是恶与丑。

——列夫·托尔斯泰

南美哥伦比亚佛朗卡斯特森林中有一种小鸟，它不像其他鸟儿那样在树上筑巢，而是喜欢以群体搭建一座吊床的方式休息，因此，当地人管这种鸟叫吊床鸟。

吊床鸟像麻雀一般大小，嘴部有弯弯的钩子，尾巴末端是一个小圆环。每到晚上，它们便成群结队地栖居一起，先找到适于搭床的树，一列列排好队。第一排吊床鸟最多，它们先将自己尾巴上的圆环套在树杈上，然后，用嘴钩住第二排小鸟尾巴上的圆环，第二排小鸟用嘴钩住第三排尾巴上的圆环……就这样，一排又一排小鸟连环钩套，直到最后一排小鸟嘴钩住另一个丫杈为止，吊床就搭建成功了。吊床一般长度有三米多，宽有二米。当吊床搭好以后，许多吊床鸟便躺在床上安然地休息。

有人不禁要问，这么大的一张吊床，至少需要近百只小鸟搭建，然后其他吊床鸟才能到床上休息。是不是它们群体中有专门搭床的鸟呢？答案是否定的。原来，吊床鸟搭床前，首先有一只要大声鸣叫，此后不断有鸟聚集过来开始搭床，它们不分雌雄，不分老幼，谁先到，谁先搭，碰上哪个群，就在哪个群搭，等所有的床搭好后，没有参与搭床的鸟便随意在一个床上休息。等到第二天，依然是这样，谁先到谁先搭，所以，所有鸟都有可能参与搭床，又有可能在床上休息，没有完全坐享其成的，也没有完全卖苦力的。

吊床鸟为何搭床睡觉至今没有科学定论，但它们谁来得早谁搭床，谁来得晚谁休息的共存模式确实值得人类思考。许多时候我们共处在一个环境里，因为私心，总是为一些利益争来争去，吊床鸟共生模式是不是值得我们学习借鉴呢？

这世间最伟大的力量莫过于团结的力量。许多的个体聚集在一起，为了同一个目的一起出力，往往会有事半功倍的效果。我们是不是应该从这些生灵身上学些什么？

让春天听见我的心跳

张君燕

新年都未有芳华，二月初惊见草芽。白雪却嫌春色晚，故穿庭树作飞花。

——韩愈

漫长的冬季终于过去了，尽管迎面吹来的风仍有寒意，但暗藏在风中的丝丝暖流却高调地向我们宣告，春天就要来了。德国诗人海涅曾说，春天的特色只有在冬天才能认清，在火炉背后，才能吟出最好的五月诗篇。是的，在刚刚过去的寒风凛冽、滴水成冰的冬天里，我们围坐在火炉旁，就着几粒花生米，小酌几杯温酒，心里想的、嘴上说的，都是关于春天的憧憬。在那样的天气里，春天才会变得格外诱人，虽然室外一片银装素裹、白雪皑皑，但内心充盈的却是碧水蓝天、柳暗花明。一颗经冬岁寒之心，才会对春天更为感知和感恩。一如人生的寒冬里，有了对春天的希望，才能一路行来，走到春暖花开。

最先探知到春来的便是可爱的孩子们，被寒冷禁锢了一个冬季的孩子大概早就憋坏了，他们嗅到了风中的清香，听到了燕子的呢喃，于是迫不及待地迎着春风跑了出来。田野里、小河旁、树林边，到处都是他们撒欢儿的身影，有些孩子还拿出了风筝，想要让自己欢喜的心随着风筝一起飞上天空。在孩子们纯净的心里，最先印下了春天的足迹。而更多的时候，只有让自己的心清澈起来，才能映进春日的暖阳，才能漾起美丽的涟漪。

记得有一年，一位老家的亲戚来看望我们时，送给了我一件花裙子做礼物。我不知道他为什么会在冬天送我一件裙子，但那件漂亮的裙子却顿时唤醒了我的爱美之心。每天晚上,我都会取出裙子小心地摩挲着,对着镜子比试一番,心里无比地渴盼寒冷的日子快点过去。在我的日思夜盼下,东风终于捎来了春的信息,在一个阳光晴好的天气里,我满心欢喜地穿上了那条裙子。春风微微吹拂,裙角高高扬起,我站在小伙伴们中间,接受着他们羡慕的目光,仿佛一下子成了童话里高傲的公主。

多年之后,回想自己当年臃肿的棉衣外面套着花裙子的滑稽样子,不禁忍俊不禁。但心里那份对春的渴盼、对美好事物的追求和向往却仍让我感触颇多。那年冬天的花裙子,其实正是亲戚送我的一份希望,让我对春天有了暖暖的渴盼。就像人生之中,在黯淡的际遇里,有人送你一分鼓励,便多了一分走出低谷的温暖力量。

早春时分,最喜欢到刚解冻的小溪旁,听小溪里潺潺的流水声,那清脆、欢快的声音仿佛一曲充满了希望和憧憬的乐曲,让人感到莫名地欣喜和振奋。有时,看着清浅的溪水,我会不由得想,到底是什么给了小溪信念和力量,从而让它撑着自己瘦弱的身躯毫不停歇、一往无前地流动?看着小溪延伸至远方,消失在我的视线之外,我顿时似有所悟,也许,在遥远的远方是一片大海的所在,而小溪正是听到了大海亲切的召唤,它知道只要坚持,一定会到达彼岸,融入大海的怀抱。

小溪的旁边泛着新绿,绿茸茸的小草悄无声息地铺满了大地,间或有几朵小野花点缀其间,融融的春意让人从心里感到舒适和惬意。看着这些不知名的小花小草,我竟生出了几分感动,虽然它们不曾给春天献上一分醇香和甜美,却仍将一片新绿和生机献给了大地。它们坚持着绽放自己,也实现了自己的价值。其实,对于我们而言,每一株小草,每一朵小花都同样值得珍惜和尊重,因为在晚秋时节,我们再也找不到此时错过的那些花草。

刚刚消融的土地松软而湿润,行走在略显泥泞的土地上,年少的我忍不住抱怨。父亲温和地笑了,傻孩子,没有泥泞,哪来的冰雪消融,哪来的春暖花开呢？想要拥有明媚的春天，就不要抱怨解冻后的泥泞。当时对父亲的话似懂非懂，现在历经了世事，才深刻地懂得了父亲话里的含义，才算真正懂得了春天。所以，在人生每个艰难的时刻，我都不曾感到沮丧，因为我知道泥泞的背后将会是令人欣喜的春天。

春天从这美丽的花园里走来，就像那爱的精灵无所不在；每一种花草都在大地黝黑的胸膛上，从冬眠的美梦中苏醒。我轻轻吟诵着雪莱的这首诗，感受着春天盎然的气息，心中涌动着阵阵感动和激情。在这个万物复苏的日子，我多想带着对美好生活的向往，去发现美丽、寻找美丽，让春天听见我的心跳！

春天是最美的季节，好像人的青年时代，一切刚开始生长，一切都是崭新的。

彩水神韵九寨沟

王维新

要么旅行，要么读书，身体和灵魂必须有一个在路上。

——张小砚

我离开九寨沟已经十年了。当时，我是怀着一种朝圣的心情和感受天堂的欲望踏上川西之旅的。那时候，九寨沟隶属阿坝藏族、羌族自治州的南坪县管辖。我们在广元市利州宾馆参加完研讨活动，从火车站租了一辆破烂不堪的大轿车就出发了。大轿车摇头晃脑驶上坑洼不平的山涧渣石道路，一路摇摆，带着一股浓浓的烟尘，在大山的沟道里盘旋颠簸。一直到晚上十点钟，我们才走到景区的边缘，这里前不着村后不着店，只好在路边的一个汽修厂的饭店里住了下来，解决大家当前最迫切的饥饿和疲劳问题。

第二天，我们迎着初升的太阳，跑了 80 公里，终于走进了那个神秘的地方。大家赶紧睁大充满期待的目光，望着面前的山势、植被和建筑物。九寨沟的门楼高高地悬在半空，仿佛是古代的那种谯楼和了望哨，它在古朴笨拙中显示着粗犷豪放的雪域风情。导游是一个小姑娘，她挑着一只小黄旗，领着头戴红帽子的我们沿景区游览。我们踏过水上木桥、我们撩拨秋山红叶，终于在水幻世界面前被倾倒了。诺日朗瀑布和珍珠滩瀑布水花飞溅，五花海和五彩湖的斑斓水色令人称奇，原始森林的松柏笔直茂密，藏旗藏幡迎风招展，羌绣藏刀吸引着我们的目光。

置身在大自然的宝库和人间仙境里，有一种忘却自我的感觉。这里原来比我梦境的九寨沟还要美丽迷人。从图标上来看，她坐落在四川省西北部岷山山脉的南段，是长江水系嘉陵江上游白水河源头的一条支流。总面积 720 平方公里，森林覆盖率达到 52%。境内峰峦、山脉、沟谷、滩流纵横交错，主景区长 55 平方公里，由呈“丫”字形的树正、日则、则查洼三条主沟组成。在 50 余公里的泉水线上，分布着 118 个湖泊、17 组瀑布群、5 处滩流和 47 眼泉水。翠海、叠瀑、彩林、雪峰、藏情是九寨沟的五张名片。在这块未被开垦的蛮荒热土上，生存着大熊猫、金丝猴、白唇鹿、黑颈鹤等国家级保护动物，还有 227 种脊椎动物。1992 年，九寨沟被列入《世界自然遗产名录》。

据有关资料记载，九寨沟的山水形成于远古时期，这里保留着大量的第四纪古冰川遗迹。这里的地下水中含有丰富的碳酸钙质，湖底、堰塞、溪边均有乳白色的结晶体。这里的水色五彩纷呈，绿树清风，翠海云影，神奇无比。我站在长海的边缘，望着那碧绿清澈的湖水，觉得自己的灵魂飞出了凡尘的桎梏，我的一切杂念欲望被她清洗照耀得玲珑透明了。我觉得自己又回到了天真烂漫的少年时代。我用玻璃杯舀了一杯湖水，以为她本身就是墨绿的，谁知她在杯子里变成了无色的透明体，我将她回归湖中，她又溶入海洋之中变得碧绿了。

九寨沟的水之秀、水之美、水之韵、水之魂是独一无二的，也是最能震撼人心的景致。那色彩斑斓的湖泊星罗棋布，形状各异，就像开屏的孔雀，又像一群羌族姑娘在大自然的怀抱里斑衣笑舞。那碧绿的、湛蓝的、五彩的湖水，平静地躺在雄浑大山的身旁，仰望着蓝天白云，仰望着顶峰的积雪，向人们展示着她的平静、她的清凌、她的纯洁、她的晶莹、她的妩媚、她的神奇。大山像藏族汉子那样威武地矗立在沟畔涧边，以自己宽阔的胸膛和厚实的脊梁守卫着这块色彩绚丽的天地不受掠夺，守卫着阿娜多姿的湖泊姑娘不容侵犯。湖边响起了清脆的铃铛声，洒脱的骏马和色彩艳丽的藏族服饰，在那里等待着游人的最新体验；那边平滩上蒙古包旁响起了姑娘们嘹亮宽广的歌声，游人围成圆圈欢快地跳跃起来。夕阳西下,九寨沟的黄昏来临了,水天一色,绛红如梦。我们被安排住在景区内的木板楼里,人一抬脚,全楼发出“咚咚”的响声,使人不由得蹑手蹑脚,不敢搅扰了这闲适的宁静。可是,穿高跟鞋钉铁掌的女士无论怎样小心,那个明显的响声还是无法避免,我发现有些女同胞脸上露出不好意思的神色。

九寨沟的月夜是非常美丽的。我俯在木楼的窗口,望着水中那轮让人充满幻想的明月。我听到了细微的水动波流声,那是姑娘们的窃窃私语;我听见了夜风在茂密的森林中呼啸,伴随着百鸟的啁啾;我闻到了一种特殊清新的气味,那是彩湖的幽灵在这静谧的月夜里释放出的一种气体,是水神的呼吸声。这里没有都市的喧嚣,没有充溢的灯红酒绿,也没有车水马龙的拥挤。我能感受到的就是水的精灵、水的气息、水的温柔与祥和;我能看到的是山在水中的倒影,岭在壑旁的巍峨,沟在溪涧的苗条;我能嗅到的是水的甜味和烤全羊的浓香;我能触摸到的是九寨沟温热的夜风和悠扬缠绵的琴声……

我在游兴未尽的遗憾中离开了这块绿色覆盖的自然王国,回到了黄土裸露的家乡。我在对比中回味着那里的满目青黛,我在胆怯中不敢动笔,唯恐自己的笨拙亵渎了她神圣的美丽。我思念九寨沟已经十年了,她的模样、她的旖旎、她的美轮美奂,我至今不能忘却。她的绚丽在我的心灵水幕上,非但没有褪色,反而被过去的岁月印证得更加清晰。我离开九寨沟毕竟已经十年了,这些年来,她的水灵、她的出落、她的成熟、她的变幻,我是无从知晓的。

在一个月光如银的秋夜里,我梦见自己变成了一只水鸟,飞进了那世外的仙境里。我似乎感到自身已经不存在了,我的魂魄溶入了那秀水的灵魂当中。

一个人一生,该有一次说走就走的旅行,不为生活,只为修行。

著名的头骨

庞启帆

只有真才美，只有真才可爱。……虚假永远无聊乏味，令人生厌。

——希瓦洛

克里斯坦·弗洛赫蒂在纽约经营一家酒吧，由于这个酒吧所处的地段有点偏僻，所以生意一直不怎么好。克里斯坦想了很多办法也没能让生意火起来，他为此很苦恼。这年秋天，克里斯坦决定到国外散散心，他选择的目的地是爱尔兰。他从纽约乘飞机抵达爱尔兰北部的科克机场。当他走出机场的出口后，他看见一个小个子爱尔兰人站在一张长桌子旁，桌上摆着大小不一的人类头骨。

“上帝，你在干什么？”克里斯坦惊奇地问。

“我在卖头骨。”爱尔兰人答道。

“你都有什么头骨？”克里斯坦问。

“哦，我有爱尔兰历史上最有名的爱尔兰人的头骨。”爱尔兰人说。

“太好了，”克里斯坦说道，“给我一些名人的。”

“没问题。不过请你先听我介绍。”爱尔兰人指着各具头骨说道，“这个是著名作家和剧作家詹姆斯·乔伊斯的头骨，这个是航海探险家圣·布伦丹的头骨，这个是1916年爱尔兰起义的领袖迈克尔·科林斯的头骨，还有这个是爱尔兰守护神圣·帕特里克节的头骨……”

“等等，”克里斯坦惊呼道，“你是说圣·帕特里克节？”

“没错。”爱尔兰人答道。

“哦，我必须买下它。你要多少钱？”说着，克里斯坦掏出了钱包。

“100英镑，不能还价。”爱尔兰人答道。

“够爽快。成交！给你。”克里斯坦马上从钱包里点出100英镑付给爱尔兰人。

返回纽约后，克里斯坦请人把他买回来的头骨镶进了他酒吧的墙上，然后他通过媒体把这个消息传播出去。很快，人们纷纷慕名而来瞻仰这具著名的头骨，酒吧的生意一下子就火了起来。那一年，克里斯坦赚的钱超过了以往5年的利润。行将退休时，他已经成了一个非常富有的人。退休后，他决定再去参观爱尔兰，那个使他成为一个富翁的地方。

克里斯坦从纽约乘飞机再次来到了爱尔兰北部的科克机场。当他走出机场的出口后，又看到了那个卖给他圣·帕特里克节的头骨的小个子爱尔兰人。

“上帝，”克里斯坦惊讶道，“你在干什么？”

“我在卖头骨。”爱尔兰人答道。

“那么，你今天都有什么头骨？”克里斯坦问。

“哦，我有爱尔兰历史上最有名的爱尔兰人的骨头。”爱尔兰人说。

“太好了，”克里斯坦说道，“给我一些名人的。”

“好。”爱尔兰指着各具头骨说道，“这个是著名作家和剧作家詹姆斯·乔伊斯的头骨，这个是航海探险家圣·布伦丹的头骨，这个是1916年爱尔兰起义的领袖迈克尔·科林斯的头骨，这个是爱尔兰守护神圣·帕特里克节的头骨。”

“等等!”克里斯坦惊呼道,“你是说圣·帕特里克节?”

“没错。”爱尔兰人答道。

“可是,”克里斯坦激动地说道,“大约7年前我就在你这里买了一个比这个大一点的头骨。你告诉我那是圣·帕特里克节的头骨!”

“是吗?”爱尔兰人盯着克里斯坦看了一会儿,然后,他一拍脑袋继续说道,“呵呵,我想起来了,你是那个美国人。嗯……呃……嗯,你看……这是圣·帕特里克节还是个少年时的头骨。”

哪里有利益,哪里就有欺骗,哪里就有了谎言。

收购猴子

庞启帆

贪婪是许多祸事的原因。

——伊索

这是发生在20世纪80年代的一个故事。

一天，一个收猴人带着一个助手来到了印度希瓦拉克地区的一个村庄。收猴人告诉村民，他将以每只200卢比的价格收购猴子。村庄附近的森林里的猴子多的是，村民经常受到它们的骚扰。有人收购猴子，不但可以为村民减少猴患，还能给村民增加收入。于是村民纷纷涌入森林去捕猴。不出一个月，收猴人就收购到了几千只猴子。森林里的猴子的数量减少了，村民也就停止了捕捉。

这时，收猴人放出话来，每只猴子的收购价提高到400卢比。这个价格是原来的两倍，村民又涌入森林去

捕猴。

不久，猴子的数量更少了。收猴人把每只猴子的收购价提高到500卢比。但是，森林里的猴子已经很少了，村民努力一天，也很难抓到一只猴子。

后来，收猴人把收购价提高到700卢比。不过，他说自己必须回城里处理一些事情，收购猴子的事将由他的助手处理。

在收猴人回城之后，助手指着笼子里的几千只猴子对村民说："我们来做一笔交易吧。我以每只猴子500卢比的价钱卖给你们，等我的老板从城里回来，你们再以每只700元的价钱卖给他。"

这个助手显然是一个见利忘义的小人，但村民也不想错过这么好的赚钱机会，于是他们拿出所有的积蓄买下了所有的猴子。但是，那个收猴人再也没有回来。

数周后，希瓦拉克地区的森林里又到处都可以看见猴子攀爬、跳跃的身影，村民们又恢复了以前那种经常受猴子骚扰的生活。

那些喜欢算计的人，迟早会被算计，为了利益，什么事情都可以做得出，最终是被石头砸了脚。

美丽依旧

崔　涌

团结就是力量。

——谚语

地大物博的中华大地上，有很多美丽的地方鲜为人知，却可以因为一场自然灾害的发生而进入更多人的视野，甚至成为永恒的历史记忆。如今的栾川，也是在这样的情况下，格外地引人注目。

河南省栾川县位于豫西深山区，是闻名遐迩的中国优秀旅游名县、中国最美的小城镇、国家级卫生县城，这里山清水秀，四季分明，冬无严寒，夏无酷暑，既具北国之雄，又兼江南之秀。但因地处深山区，交通不便、信息相对闭塞等因素，“闺在深山人未识”，问起栾川，很多人还是不曾耳闻。

然而，2010 年 7 月 23 日至 24 日，栾川县普降百年一遇特大暴雨，最大降雨量达 350~400 毫米，遭受有气象记录以来最大暴雨侵袭，全县 14 个乡镇

均遭受不同程度的洪涝灾害，洪水所到之处，河坝坍塌、桥梁冲断、道路冲毁、房屋倒塌、农田被淹……全县通信、供电、供水中断，县城近十万人受到洪水威胁，十多个乡镇交通中断，沿伊河乡镇全线告急，一些群众罹难或失踪。那一时期，山城栾川尽是脚步匆匆的受灾群众和一批批救援人员，如果有人想继续对美丽栾川的追寻，只能从“走遍千山万水，还是栾川最美”的宣传口号中觅得一丝踪迹。

为了寻找栾川曾经的美丽，我来到伏牛山滑雪场。它是这次洪灾中受害最重的景区之一，往日设施完备，游人如织的 4A 级景区，如今大部分被吞于泥石之下，目之所及一片凄凉。随行的一位镇干部说：“这个滑雪场，曾经是很美的地方啊……”我看到滑雪场的员工，正在积极开展生产自救。工作小憩时，几名女工说着昔日美丽的滑雪场，声声哽咽，让人不禁心生哀伤与同情。滑雪场的一位负责人说：“我们会迎难而上，众志成城，再建更美的滑雪场。”

为了寻找栾川曾经的美丽，我赶到潭头镇九龙山伊河漂流段，看壁立千仞，伊水滔滔。就在这段秀美的地方，有群众在洪灾中遇难。不过，经历了大难的当地群众，仍有很多人喜欢站在河边，缅怀逝去的亲人，谋划崭新的生活，安静而祥和。他们知道悲伤总会过去，只要伊水恒流，明天的生活会依然绚烂。

为了寻找栾川曾经的美丽，我走到栾川县的干部和百姓中。从县四大班子等领导和全县的各级党组织、党员、干部职工身上显示出来的人性光辉，让人永远难忘：“7·24”洪水肆虐的时候，全县各个危险地段都闪现着他们的身影，不顾个人安危，毅然坚守在各乡镇险情险段指导抗洪救灾，成为群众危难时刻的主心骨。保护人民生命财产安全不需要豪言壮语，它融化在每一个具体的细节之中；驻栾官兵迅速集结，打响了抗洪抢险战斗，尽显了人民子弟兵的本色；洪水越过大堤后，县城基本上成了汪洋一片，很多商业门店尤其是个体店铺大都进了水，店主们无不怜惜悲伤，泪水溅落。然而洪水刚一落下，他们就默默地走进店内，整理浸透的商品，舀出店内的积水，铲除室内的淤泥，然后把布满污泥的商品重新洗净；县城南部、北部的不少居民楼低层都遭遇了洪水袭击，干部群众不坐以待毙，积极开展自救，在大灾面前以无私奉献的精神演绎了一幕幕感人的场景。也许是救援人员奋力抢险的精神感动了灾区的每一个人。他们有人把家里仅存的鸡蛋和腊肉送到了救援一线；有人跑几十里山路，买回西瓜让救援人员解暑；有人精心做出了热腾腾的饭菜，熬了绿豆汤，感谢救援人员；有能力的则加入救援的行列，让救援人员感动的同时，我们也看到了这方土地上人民的坚强。

我在寻找栾川曾经的美丽时欣喜地看到，全县上下万众一心，同心同德开展的灾后重建和生产自救工作正在如火如荼地进行。我艰难地行进在重灾区石庙、陶湾等乡镇的路上，听到乡(镇)主要领导说得最多的是，要科学统筹、合理规划、周密组织，把群众的事情办好，把各项社会事业搞好，再建一个美好的家园，再建一个崭新的乡(镇)，让人们对未来有更多的憧憬和希望。

洪水无情，大爱无疆。洪灾后，栾川全县上下积极为灾区捐款捐物，国家、省市不少单位和个人，也纷纷向栾川人民伸出了援助之手。将一方有难，八方支援的中华传统美德发扬得淋漓尽致，抒写了同为华夏儿女，血浓于水的人间真情。栾川的百姓淳朴而善良，大批志愿者也自发加入灾后重建。在救援地、在安置点、在物资发放处，到处可见他们美丽的身影。

栾川，不哭！一场特大洪灾可以让我们暂时陷入痛苦，却无法击垮我们对美好生活的追求。灾难总会过去，未来还有梦，我们将共同携手实现梦想。县政府决定，把长春路设为临时市场向商户免费开放，减免受灾商户税费，对受灾商户实行贴息贷款……在洪灾发生仅仅两天后，县城受灾的不少店铺重新开业。灾后那熙熙攘攘的街头，重现昔日的繁华，让人平添诸多慰藉，为开创栾川美好的未来拉开了序幕。

守望栾川，让我们为栾川加油，为栾川祈福。

一个令人神往的地方，一座秀美的山城，一座坚强的山城，一个在灾难中挺起不屈脊梁的栾川，不会被灾难征服，不会被困难吓倒！她的优秀儿女，心头激荡起的是澎湃的海！

走出这场历史灾难，重建一个祥和秀美的新栾川已为时不远。是的，我们深信它将指日可待。栾川不会让挚爱她的人们等得太久。

栾川的今天，众志成城！

栾川的明天，值得期待！

栾川的未来，美丽依旧！

只有同心协力，才能建造美好家园。

二友图

崔　勇

人为财死，鸟为食亡。

——谚语

我惬意地熟睡着，任身体放松，思绪天马行空。长年累月过着这样墨守成规的日子我麻木了，抑或是适应了。不管满不满足现状，现实已给我定型了这样的生活模式。虽然寂寥但日子总是要过的。

我是一块沉睡千年的石头，千年沉睡千年孤独。

随着地壳一次次运动，我和千千万万石头的子子孙孙一样时睡时醒。有很多时候我们紧紧地拥挤在一起，胸搭背，腿臂相连。有时我们举家搬迁，赶趟似的你追我赶迁徙一段路程。更多的时候，我们是静静地挤在一起，在暗无天日的世界里哀叹。我们真的不知道这样的日子还要再过多久。

那天，我们感觉有庞然大物在地面上来回移动，随之我身边的同伴们和泥沙被谁掠走，我正在惊诧间，感觉也被一只大手掠起，一道刺眼的太阳光，照得我睁不开眼睛。适应了一段时间，才发现一台挖掘机的铁斗，把我们吐在一堆沙石上，原来我的很多同伴被用来

垒砌堰坝，他们长时间经风吹雨打，愈显苍老。想到自己也要遭受这样的厄运，我心如刀绞。有个到工地巡查的经理发现了我，让人小心翼翼地抱起我，在水里给我洗了个澡，经理看我的目光都直了：“啊，这是块奇石啊！”他把我专程送到了城里的一家奇石斋。真是天无绝石之路，我百感交集，同样是石头，我却有和同伴们不一样的命运了！

一个春光明媚的下午，两辆大奔在奇石斋停下，车上下来几名衣着鲜亮的人直奔雅室。杨老板像见到了闪闪发光的金子，满脸堆笑，两眼放光，亲自上阵，泡起了功夫茶，屁颠屁颠地忙前忙后。茶香弥漫满屋，那几个人各个喝得牛气冲天。为首的那个大腹便便、肥头大耳的人，我听见有人叫他邵局长。他站起来，用柔软温热的手，把我通体摸了个遍，一遍又一遍，不厌其烦。

“奇石，名副其实。”半晌，发出惊呼声。

“是啊，确实不错。”随行的几人也一拥而上，围着我一惊一乍地附和着。

“诸位请看，这块石头一米多长，上圆下方，摆放方便，这在形上是不可挑剔的。再看材质，它通体翠绿，手感温软如玉……”杨老板不愧是个耍奇石的玩家，点评起石头侃侃而谈，引人入胜。

“最珍贵的是这块奇石上的图案占了正面四分之三的空间。你们看，翠绿的石头为底色，三株红梅花张扬地怒放着，旁边居然还有两株竹子，舒展着枝叶，岁寒三友，这块奇石就拥有两友，故称二友图……”杨老板滔滔不绝。

“哦。”大家发出赞叹声。

“这块奇石可以说跟我有缘，是我的一位朋友从外省给我带回来的。我做生意最讲义气，咱们彼此再也熟悉不过了，邵局长能光临我处，这里是蓬荜生辉。诸位谁相中了，价钱好说，我可以打折的。”杨老板眼镜片后透着柔和的目光。

“喝茶，继续喝茶。”邵局长爽朗一笑，转移了话题。

大家喝茶聊天，好不惬意。邵局长好像总走神，眼睛不时地在我身上瞄来瞄去。随行的小王若有所思。

三天后，一辆宝马车在奇石斋门前停下，一位蓄着八字须的中年人直奔内室。

“老板，你这里有块二友图的奇石？”他开门见山。

“呵呵，贵客到了。”

杨老板殷勤地泡茶。

“在哪里？快领我看看。”他急不可待，看着41万元的标价，他异常兴奋。

夜幕低垂。两名年轻的男子吃力地抬着我，跟着那个蓄着八字胡的中年人，匆匆赶到邵局长家。邵局长面露满意之色，和那名男子到书房小声嘀咕了起来，我隐隐约约听到是一项大型工程承包的事。一位珠光宝气的年轻夫人走过来了，她看到我惊叹不已，用柔柔的手，抚摸着我。我闻到了她身上诱人的香水味，不禁昏昏欲睡。

一阵轻微的颠簸，把我从睡梦中惊醒，杨老板让人把我从车上抱下来，摆放到了内室显著位置。仅仅过了两天，又有人把我买走，再次送给了邵局长。我留心发现，当天夜里，杨老板把40万元现金送到了邵局长家，又把我运回了奇石斋，原来他每次都有一万元的回扣啊。我痛心不已，不想被如此蹂躏，沦落为别人交易的工具，可只能在心里默默地伤心流泪，因为我只是一块石头，没有人会读懂我的心，理解我的孤独与无助。后来，我也记不清如此频繁地奔波在奇石斋与邵局长家多少次了。

两年后，邵局长被市纪委的人宣布双规，后定为受贿罪。他的哥哥闻讯从乡下赶来，说我是害他弟弟的罪魁祸首。他吃力地抱起了我，我以为要把我隐藏起来，谁知他把我从别墅的三楼狠狠地摔到屋后的巨石上，我来不及说救命，就粉身碎骨了。那时，滂沱大雨正下个不停，那雨水不正是我流淌的泪吗？

人的贪婪和欲望是不可取的东西，迟早会因为这个东西葬送自己的前程。

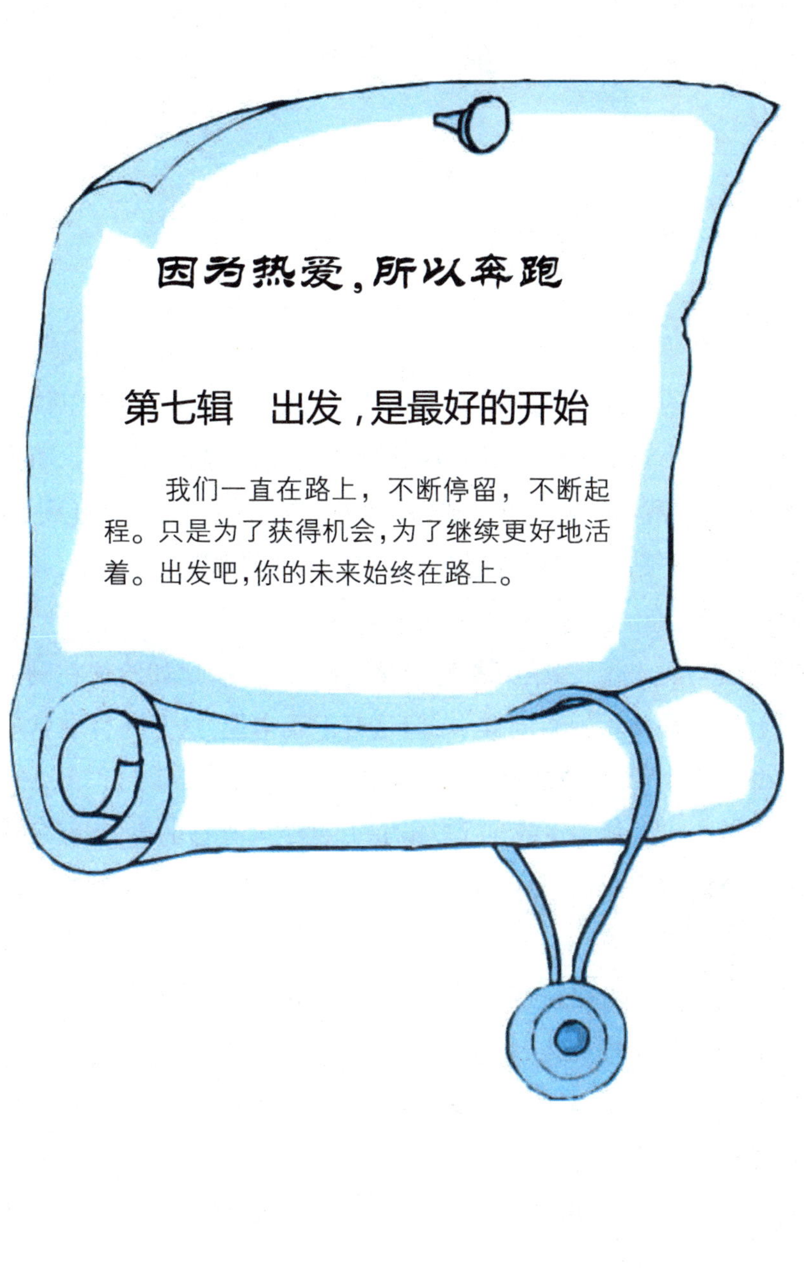

第七辑　出发，是最好的开始

我们一直在路上，不断停留，不断起程。只是为了获得机会，为了继续更好地活着。出发吧，你的未来始终在路上。

纸上寄真情

孙开元

岁月不居，时节如流。

——陈寿

记得九岁的时候，有一次我和妈妈一起去新加坡果园路的购物中心，我们走进了一个小走廊，在一间屋子的玻璃窗后面坐着两个工人，听妈妈说他们是卖邮票的。我给了他们几枚硬币，他们微笑着把几张邮票递到了我手里，我和妈妈把邮票贴在了我们的信封上，然后就把信投进了信箱，我目不转睛地瞅着投信孔，确信投进去了才放心。

对于我妈妈来说，写信只是她的日常事务之一，比如给住在马尼拉的亲戚或是美国的婶婶写一封问候卡，但是对于我来说，这是一件非常有意思的事。多少年过去了，我依然对这样的信件心怀眷恋。

看到楼门口的邮箱里收到了一封信是件令人兴奋的事，当我每次下午出去练骑车之前，都先要检查一下家里的邮箱有没有信，是我自告奋勇向爸爸妈妈要求这个任务的。

那时我的小手可以直接伸进投信孔，不用钥匙。在拿信之前我会先往邮箱里瞅瞅，啊，在一堆广告、账单里有两封信！一封来自马尼拉，另一封来自美国！接着，我就会拿着信跑回家递给妈妈，如果信是寄给我的，我就会立刻在邮箱旁打开它看一遍。

我们家在 1996 年搬回了菲律宾老家，那时我不用去邮局了，因为人们开始使用电子邮件，人们见面谈论最多的就是他们的 Hotmail 和雅虎邮箱，还有就是网友给他们发了什么样的电子邮件。当人们可以方便地用网络发邮件时，为什么还要落伍的用传统信件呢？但是，只在网上收到一封邮件给人的感觉一下子就冷了。科技给予了我们一些东西，也夺去了我们一些东西。

后来，我所在的公司搬到了上海，我在那里又感受到了邮局带给人的亲切感。两年前的一天，我和五个朋友在中国广西龙胜龙脊山的山顶一起庆祝我的生日。当我们早上在旅馆里醒来时，山顶上正是一片壮丽的景色。出去观赏完日出后，我们开始往回走，半路上，一家便利店吸引了我们的目光。店里卖些面条、咖啡什么的，还有一个中国邮政的标志。

我用半生不熟的汉语问女店主，在她这里是不是真的能往外寄信，她愉快地回答："对！"真令人难以置信，因为我们此时正在山的最高处。我在店里挑选了一张明信片，让朋友写一张生日贺卡寄给我。据说，这里的信能寄到山脚下的桂林，更不用说是上海了，当然我们得买张邮票。朋友写好了地址和几句祝福的话语，我把这张贺卡递给了店主，然后静待佳音。

三个星期后，有一天我在上海家中打开邮箱时，终于看到了那张贺卡，我高兴地笑了起来。

有时候一个小小的举动却有着不一般的意义，这一张贺卡引起了我对邮局的回忆和它给我带来的小喜悦：一种正在失去的东西又恢复了生机，而且不会像电子邮件那样时常会有"发送失败"的提示，还有就是在投出一封信时，那种期待回信的兴奋。

我有好些年没去过邮局了，现在我也只是给朋友们寄一些明信片，写在上面的话语不多，但有着和一封信一样的意义。每当在邮局里买邮票时，一想到一张小小明信片就能给远方的一个人带去快乐，我就会很开心。

有时候，一件东西在失去之前，我们就不知道它的宝贵。也许有一天，我们再也收不到一封手写的邮件，再也买不到明信片和邮票，那时会是多么遗憾。

但我更愿意相信，这一切都不会失去，我经常寄出明信片。为了让这一传统艺术保持生机而尽着自己的一份微薄之力。我和四位朋友保持着互通贺卡的来往，经常是拿着一张贺卡对朋友谈着条件："只要你给我寄一张贺卡，我就也给你寄一张！"

我在上海的公寓门口有个邮箱，金属的表皮上印着我的房间号码。这个邮箱和我小时候在新加坡时家里用的那个邮箱样子很像，不过我的手不再小到不用钥匙就能伸进去拿出任何东西了，但是每次接到一封信时，我还会像自己在九岁时那样，忙不迭地打开信封去看里边的信。这种怀旧的情结真是挥之不去，现在我依然期待着打开邮箱时，在一大堆广告和账单里能发现一封写给自己的信，或者是一张小小的明信片。

有些习惯只属于一段时光，过了，就不是原来的滋味了。

二十岁奠礼

杨张光

喂，你可曾听说才思也许能在青春年少时获得，智慧也许会在腐朽前成熟？

——爱默生

泰戈尔说："生如夏花般灿烂，死如秋叶般静美。"我想，只有真正参悟过生死的人才能说出这般高境界的话。而不幸的是，我生在那个满是秋叶的季节，因此我命中注定要先参悟静美般的死后，才能感知夏花般的生。

20年里，我最大的痛苦莫过于生离死别。在我的青春里，注定有大半的泪要为永别而流。

我想起了我的祖母，那年我六岁，一天夜里，祖母突然感觉身体不适，头疼难耐。家人让她去医院看看，可她不答应，只说还能忍住，过会儿就好了。

祖母平日里身体还算好，也没有听说患上什么大病，屋前屋后也忙得挺开。家里人也就应了她，没大在意祖母的具体情况，以为就是简单的头痛而已。谁知道，这一痛就是一个晚上。问题大了，清早父亲和爷爷就带上祖母去了医院。那时的祖母已临近休克，呼吸都甚困难。来到医院，确诊出是脑溢血，立即拉到急诊室抢救，可谁知道，一切已晚，就因没在意一场头痛，祖母没抢救过来。

祖母命危的那一刻，父亲叫我赶紧去医院看她。我是祖母一手带大的，她最是疼我，那时的祖母对我无微不至，因为从小失去母亲，所以我生命中学会说的第一句话就是"奶奶"。我来到医院，看到躺在病床上的祖母一脸苍白，我突然害怕起来，双脚发抖得站在祖母面前。父亲要我和祖母说话，好让祖母开心些。我却站在那一句话也没说，那时我想到奶奶要死去了，心里除了害怕，其他什么也想不起来。父亲看我一直愣着，于是很生气地训斥了我，让我出去。

是的，我很没出息，从医院出来，心里依然害怕。回到家，也只是感觉很空白的拿起书包，然后蜷在桌角，赶着明天要交的作业。

就这样，祖母当天就去世了，我仓促笨拙的出现就是为了见祖母最后一眼，可我的傻愣带去的却是所有人的失望。祖母的葬礼上，爷爷抱着我，抽泣地对我说："张光，奶奶走了，今后你就再也没有奶奶叫了。"那时我的害怕更加强烈了，人群中一声声哭泣里，我坐在祖母的灵柩上，思绪沉闷，头脑一片空白。

后来才知道祖母一直失眠，并且是整夜整夜的睡不着，加上白天繁忙的工作，结果导致了脑溢血。

现在想起，祖母一生，从出生在那样战乱的年代，为了生存，到处流离，从早到晚提心吊胆，没有一夜能平稳安睡过。到了后来"文革"，日子却整天在斗争中过着，多少个原本很美丽的夜晚都在动荡中夭折。后来好了，政局稳定了，家里却一贫如洗，祖母又白手起家。好不容易抚养了父亲与叔伯那一代人，又要来没日没夜地抚养我。而到了可以安定享乐的时候，人却因操劳过度而去世……

唉，或许像祖母那个时代的人，命运可能真的悲惨到无以复加，苦难似乎要黏在那整个时代所有人的舌苔上。我仔细了解那一切以后，内心受到震撼。以后的清明节，我都会去祖母的墓地扫墓，而每当触及那些惭愧的旧事，我不禁泪流满面，那种害怕就像一道很深的坎刻在我的心里，似乎永远过不去。

有时候真的是这样，那些曾经就近在自己眼前的人，与自己讲过话、碰过肩的人，好似还在昨天，而今天就一个个地突然走了，想见也不能见了。

我想起了初二那年，当时我正在晚自习，突然有老师找我出去谈话，谈话的内容却让我彻底崩溃，他让我收拾东西赶紧回去，说我父亲病危。

那段日子家里正是水深火热，父亲患上了肝胆管结石，三年内连续做了三次手术依然没有痊愈。到了第四年初，父亲的病再一次复发，但没办法，家里已实在拿不出更多的钱来支付父亲那高额的医疗费了，只得眼看父亲病痛在床。

刚听完老师报来的信，突然乡友也来接我回家，我便卷起书包随她上了车。回到家，很快恶耗传来，父亲走了，我连父亲最后一面都没见上。当时我好恨自己，恨自己没出息，恨自己没有看好父亲。看着躺在床上的父亲，我号啕痛哭起来，头脑里所有的思绪都在那一刻刺激着我。那天我翻箱倒柜，发了狂似的，烧掉了所有自己的相片，撕掉了自己写的所有关于父亲的日记，还踢翻了茶几，砸碎了柜台上的玻璃……

真的，父亲的离去让我无法平静，多少个夜里，梦中父亲清晰的脸让我沉浸在往事里不能自拔，而那些似曾熟悉的话语，则一阵又一阵的撕扯着我那自责的心。这让我感觉，有时生命就像那柜台上的玻璃，一敲就碎，而那些满地呻吟的碎片则犹如那些破碎了的日子，狼藉而艰辛。

后来我发现，其实生命本就很单薄，可能一个突兀就会让很多人深感痛惜。

对于我，二十年里，用泪洗礼过的那些经历，使得我常常接近原本我认为在那样的年龄里不曾有过的“痛苦”。我不想将自己的脆弱装饰为痛苦并展览，以博取别人的关注与同情，但很多次的生离死别，让我已认清痛苦的真相，或者说，再坚强的性格在永别面前依然显得单薄而脆弱。

而现在，我也说不清二十岁后的我能否会生如夏花，只是感觉如今的我，对于一些琐事变得淡然了，学会了如何去自尊，自强，如何以一颗包容的心对待这个世界。但我心中依然有些莫名的不安，因为那些即使说不在乎的东西，回忆起来，又怎能轻易地说放下就放下，至少那害怕的坎还在。

想到今天，走在路上，遇到了各式各样的陌生，但年龄和我相仿的面孔，我会想，她或许也是今天生日，而属于她的二十个年头又是怎样的呢？当对面的这个人，满脸微笑，一心注意着自己手上和手掌一样大的手机，我便会猜测，她肯定是刚收到来自远方家人的祝福短信；倘若那个人正沉默着，一丝不语，还带着些忧伤，我想她可能正和我一样，在自己生日这天闭门思过。

我一路的跟，你轮回声，

我对你用情极深……

我关了音乐，停了笔，结束了今天的闭门思过，顺便祝福自己一句，生日快乐。最后灭了灯深深睡去。

昨夜不管经历了怎样的泣不成声，醒来以后这个城市依然车水马龙。所以，就把这个二十岁当作人生的一个分水岭吧。人总会长大的。

江南的冬

向 青

春未老，风细柳斜斜。试上超然台上看，半壕春水一城花，烟雨暗千家。

——刘辰翁

立秋过了。冬，真的来了吗？北边真的很冷了吗？南国的天，太阳却还是艳艳地照着，满街的男男女女，短袖花裙依旧飘飘地荡着，舍不得褪下它已美丽了一季、两季的色彩。只是傍晚才见三三两两老人，或被家人追上塞给一件长衫，或自个儿手搭一件薄薄的夹克，凉风里、绿树下悠闲地踱着，偶尔叹一声：天，真的凉了。

白天，天空却是朗朗的。一早，将窗帘拉开，阳光就急不可耐挤进来，细细碎碎跑了满地。我的鸟儿邻居，它把书房外那小小的安装空调留下的“洞穴”，当成了温暖的窝，现在就在我耳边一声长一声短叽叽咕咕，似乎是鸟妈妈唤大家早起，而鸟孩儿们却磨磨蹭蹭不愿意。家人说吵得很，把鸟窝移了吧。我却舍不得，我喜欢和鸟儿一家为邻，月光下，安静入睡；清晨，相继苏醒，各做各的一份儿事去。

江南的小城，总是那么温晴。老天有时也会冷起脸，“呼呼”的阴一阵，却又似乎不忍扮演这种硬派角色，等不得导演喊停，自己已悄然变身。要上班的人，一早起身，心里还恋着周末的慵懒，口里嘟嘟哝哝，抬头看到那张金灿灿暖和和的脸，不由得就微微笑了，还有什么可抱怨的呢，欢欢喜喜丢下笨重的外衣，轻轻巧巧出了门。

老人孩子也相继出来了，角落还看得见许多杂七杂八的秋花。可不，这晴空就跟晚秋一样的高爽。小区的空地中,老人们或坐或站闲闲地晒着太阳聊天,任由小孙子们在旁边活泼地奔来跑去。有什么要紧的呢,老天是这样的热情洋溢,即便不上班,恐怕也会被招引得在房间坐不住,直想搁下纸笔,去春光里走一遭吧。

心,在暖阳里晃了一早。中午下班,走在街上,看三三两两学生郎,连薄夹克也不穿,脱下来胡乱塞在书包里,卷起衣袖,把自行车蹬得飞快,在路人笑骂中,呼三吆四,快活而去。冬是春的门票,难道春天提前进场?却见一些乡下女人,已如往年般扎了一束束水仙花在卖,翠绿的叶,黄白的朵,挤挤攒攒。

两束水仙在我的车前摇摆,一股清香袅袅把我圈住。我把春天的气息带回了家里。从此,我既有了墙外那热闹的鸟儿邻居,又有了案间这静静的水仙伴侣。我不禁暗暗得意了,我之于鸟,花之于我,成了相互最亲近的人。这就是冬给予我的一种特殊恩惠。这一暖冬,倾听倾诉,彼此欢愉。幸甚至哉!

长长的乌衣巷里谁家的燕子在堂前呢喃着;江南烟雨湿了芭蕉,湿了青山茶园,湿了万顷嫩黄的菜花,湿了散落在郊外的点点渔火和隐隐钟声,也湿了沉睡了百年的红粉的梦……

这是我梦里的江南,却始终没能抵达。

倒木是森林的另一种姿势

凌 云

落红不是无情物，化作春泥更护花。

——龚自珍

长白山地下森林的游步道两旁，参天的丛林之中，横七竖八散布着一棵棵倒下的大树。这些曾经挺拔高大的树木，此刻安静地横卧在大地之上，全身长满绿苔，有的已经枯烂，露出黄褐色的木心。这是一个寂寞的世界。听不到鸟鸣，鸟只栖落在高高的树枝上；见不到阳光，森林太茂密了，那些依然屹立的大树，尽可能地伸展枝丫，将所有能采集到的阳光，都收入囊中；这里甚至听不到一丝风声，丛林里的风，都是从一个树尖，跃到另一个树尖，从一片叶子，跳到另一片叶子，发出谜幻般的哨音。

它们叫倒木——倒下的树木。

这些大树，大都是大风刮过森林时倒下的，还有的是垂垂老矣的大树，已经活了几百年，甚至更久的时间。巨大的树干差不多被时间掏空了。大风起时，它们摇摇晃晃地一头栽倒，停止了呼吸。它身边的大树，差不多都是它的子孙和后辈，它们想搀扶住它，可是它的躯干太沉了，而且也许它自己也觉得活得够久了，它已经以一种姿势站了几百年，累了。因此，事实上也可以理解为它是顺势倒下的。

也有正值壮年、生命旺盛的大树，骤然被大风连根拔起的。它们本是森林中的王者，树干比别的大树更加粗壮，树冠比别的大树更加繁茂，它们的根，也一定比别的大树扎得更深、更密、更牢固。但是，大风起兮，它们却轰然倒塌。巨大的响声，令整个森林颤抖。在众多的倒木中，那些倔强的以倾斜的姿势不肯完全倒下的，就是这样的大树。它们像四五十岁的壮汉一样，还有很多未知的人生，怎么甘心就此倒下呢？

不管当初它们是怎么倒下的，当我们遇到时，它们就已经倒下了，死了，枯烂了，我们没有见过它们挺拔站立的姿势，仿佛生来就是这样倒卧似的。从它们身边走过时，我听到了很多议论，大多是惋惜、唏嘘：这么粗壮的大树，怎么就倒了呢？

还有人不解地问：“这么粗大的树木，为什么任凭它在森林中枯烂，而不将它们运出去，制成木材，让它继续发挥作用？”有人甚至当场计算，这样一棵倒木，如果开成木板的话，可以打出多少个柜子、多少只箱子、多少张桌子、多少把椅子……可都是绝对的实木哦。

景区的工作人员却告诉我们，千万别小看了这些倒木，它们是森林的温床。可以说，没有了它们，就没有茂盛的原始森林。

森林中超过八成的树木幼苗，是从倒木上繁育起来的，故有倒木是森林的温床之说；倒木又是微生物的栖息地，小树苗成长过程中，所需的大量的营养成分，如倒木自身所含的C、N、P等营养成分，就是靠这些微生物分解提供的。倒木因而又是森林的奶娘，无私地把一棵棵小树苗拉扯大。

没错，看起来有点煞风景的倒木，事实上却是森林不可分割的重要部分。

一棵大树倒下了，成了倒木，它的叶子脱落了，枝杆枯萎了，躯干腐烂了，但它并没有死亡，也没有荒废，它只是换了一种姿势，像一位母亲一样敞开了怀抱，是一棵树之于森林的另一种姿态。

对于一棵倒木来说，重新站起来或许并不是它的愿望，让更多的小树发芽、生长，站成森林，这才是它最大的梦想吧。而被打造成一只实用的实木家具，这恐怕是所有的倒木最不愿意做的事情。因此，一棵倒木一定是极不情愿走出森林的。

在森林之中，总有一些树木，会因为这样或那样的原因倒下。不过，纵然倒下了、枯萎了、腐烂了，它们也还是丛林的一部分。如果你肯放下成见，蹲下身，从另一个角度去看它，你就会发现，它只是在丛林中换了一个姿势，它依然是挺拔的、高大的，令人尊敬并值得仰视的。

倒木，是大树的另一个境界。这与那些多舛而不羁的人生是多么相似啊。

想起一句诗："落红不是无情物，化作春泥更护花。"那些看似垂败的生命，却用另一种方式使其他生命能够茁壮成长。

十八岁时的一次骑行

范泽木

世界这么大，风景那么多，但旅行的意义并不在于拍了多少照片，走了多远的路，而在于旅途中是否找到了与往昔不一样的自己。

——独木舟

十八岁的一个下午，朋友从他的叔叔那里得到了一辆破旧的摩托车。那摩托车停在操场边，看上去既狂野又霸气。光远远地看着，便已感受到了速度的力量。我不禁浮想联翩，渴望感受速度带来的激情。

朋友似乎看透了我的心思，对我说："怎么样，这车虽然破旧了点，看上去还是相当霸气吧？"我不住地点头。他把钥匙交给我，叫我把钥匙插上。他已经多次驾驭过这辆车，所以理所当然地当起了我的教练。他替我发动了引擎，教我怎么起步，怎样挂档、退档，转弯时身体应该怎么倾斜……不过一会儿，摩托车便在我的掌控下低速行驶起来。

过了半个小时，我欣喜地对他说："我已经掌握基本的操作了。"他指着远处的一片草坪说："你去那里练练车技吧。"

那果然是练车的好地方，一望无垠的草坪柔软无比，即使摔倒了也不会受伤。挂挡、退挡，左转、右转，我沉醉在操控摩托车的乐趣中不可自拔。操作熟练了之后，我便骑着摩托车在草坪上驰骋起来。几个小时过去，我拍着胸脯对朋友说："经过一下午的练习，我的车技已经大有提升，明天我载你回家吧。"朋友高兴地答应了。

第二天，我骑摩托车送朋友回家。跨上车没多久，我就找到了在草坪上练车时的感觉，于是把车骑得飞快。我任凭迎面吹来的风打乱我头发，一边唱着歌，一边提高车速，感觉青春所有的激情都被我挥洒了出来。我越发觉得自己的车技步入佳境，索性将双脚放到了保险杠上，还对过往的行人吹起了口哨。朋友在后座提醒我，放慢车速，别骑得太快。我嘴上答应着，但丝毫没有放慢车速的意思。

过了一会儿，朋友提醒我，快到岔路口了，准备转弯。我说好，心里随即冒出一个让我激动不已的想法：我要漂移通过转弯，让朋友目瞪口呆。

“转弯！”朋友喊道。

“好，看我的！”

不好，速度过快。我非但没有表演出漂移动作，反而从车上摔了下来，摩托车被甩出数米开外。我与朋友双双躺在地上，一时间动弹不得。

过了一会儿，疼痛从各个部位传来，我的膝盖、胳膊都流血了，裤子被磨出了许多个窟窿。我努力想站起来，可怎么也提不起力气。过了十几分钟，我与朋友终于有站起来的力气，摇摇晃晃地去溪边清洗伤口。

等疼痛消失一些，我才与朋友费力地扶起摩托车。我可怜巴巴地看着朋友说：“你来骑吧。”朋友果断地摇了摇头：“还是你来。”我慢吞吞地坐上车，发动引擎，沮丧得再也没有此前的张扬跋扈。

过了不久，我们进入盘山公路，山高、路窄且多弯。我小心谨慎地控制着方向及速度，不敢有半点马虎。花了很长时间，摩托车终于摆脱了盘山公路。我停下车，长长地嘘了口气，心想如果不是刚才摔了一跤，不知道会在山路上出现怎样的险情。

如今我已近而立，可依然难以忘却那次骑行。我渐然明白，人生中的许多伤痛、挫折其实是成长途中的必修课。它让我们变得自省、谨慎，从而避免遭遇更大的风险。我们所经历的伤痛与挫折，又何尝不是一次深刻的心灵启迪？

孤独与成长总是相辅相成，是我们的必修课。每个人都有那么一段黑暗的日子，熬过去，就好了。

出发，是最好的开始

范泽木

合抱之木，生于毫末；九层之台，起于累土；千里之行，始于足下。

——老子

我读初中时，体育不错，尤其是跑步。初二的秋季，我参加了 1500 米长跑比赛。那是我第一次参加强度这么大的长跑，自从老师宣布了我的参赛项目后，心里就一直波涛汹涌。

离比赛的日子越来越近，我也渐渐变得茶饭不思，脑海里总是播放着有关跑步的画面。有时担心自己会在开跑时被人推倒，有时又想自己会不会听不见裁判的哨声，各种关于跑步的臆想层出不穷。我变得异常憔悴，并且随着比赛的日益逼近呈现出一种近乎神经质的状态。老师的鼓励、同学的安慰，似乎都不管用。那真是一段难熬的日子。

不过，开运动会的日子已经到了。快轮到我比赛时，那种紧张的压迫感几乎让我感到窒息。站在起跑线上，我简直怀疑心脏要蹦出来。随着“预备——跑”的声音，我的双脚开始飞快地交替，我仿佛被一股无形的力量推着走。彼时，内心是如此专注，再无紧张和忧虑，眼中除了前方，别无他物。

几分钟后，我到达终点，跨过终点线，内心一片澄澈。那一刻，我深刻领会到什么是如释重负。我意识到，只要开始，眼里就只有前方，就不会有疑虑。

有一次，我表哥骑摩托车带我到乡间闲逛。午后，天空突然乌云密布，随即没有任何过渡地下起倾盆大雨。表哥和我躲进一间凉亭。我们期待躲一会儿，雨就能停，但雨一直下着。

我和表哥面面相觑，都在纠结要不要走的问题。如果过会儿雨停了，现在走岂不是很亏？如果雨一直下，我们该躲到何时？这个问题把我们一直困在凉亭里。

最后，表哥大义凛然，决定走。我们坐上车，披上雨衣，准备起程。当表哥发动车子后，我心里再无纠结，一心只想早点到家。那一瞬间，我突然发现之前的纠结是那么多余，我们早该出发了。

我的一位朋友，一心想创业，但囿于眼前的安逸生活迟迟没有动手。每当酒后，他就会与我大谈理想，说要开一个店，定期给自己放假，去饱览祖国的大好河山。但他的理想，基本随着酒气烟消云散。

这回，他动真格的了，说是准备开一个连锁店。他开始看加盟事宜、选场地、招聘员工。一个多月后，新店顺利开张。他说，之前总在考虑开什么店好，亏了怎么办，这些想法无一不困住他的脚步。现在心一横，反倒毫无顾虑了。

他的话让我想到初二的秋季运动会，想到乡下躲雨的事，不禁心生感慨。我们总是囿于自己的假设，让疑虑拴住前行的脚步。殊不知，向前跨出的每一步，都可以击碎它们。出发，才是最好的开始。

我们一直在路上，不断停留，不断起程，只是为了获得机会，为了继续更好地活着。出发吧，你的未来始终在路上。

选一种方式看日出

红　韵

台阶是一层一层筑起的，目前的现实是未来理想的基础。只想将来，不从近处现实着手，就没有基础，就会流于幻想。

——徐特立

假日里，我和朋友结伴去白云山看日出。为了在天亮前登上山中最高那座峰——玉皇顶，我们凌晨三点便坐车赶到山脚下。

山里的风很大，夜也很黑，却仍有不少和我们一样来看日出的游人。山脚下那家小商店的灯光划亮了漆黑的夜，就着灯光，我们看到几位身穿军大衣的乡民正在忙着向游客们出租棉衣和手电。附近有数名精壮的担夫，两两一组地抬着用藤椅扎成的轿子，不失时机地向我们招徕着生意："坐哦，280 元送到山顶……"有一对衣着时尚的小情侣，穿上租来的军大衣，嘻嘻哈哈地交钱坐了上去。两顶竹轿从我们面前一晃一晃地擦身而过。真是一种舒适的诱惑！

朋友问我："从这里到山顶，有 4800 个石阶。你能走得动吗？如果不行，也坐轿上山吧？"我说："能，走吧。"

朋友笑笑，打开手电筒，拉着我的手，向山上走去。

两对轿子在后面紧跟着我们，担夫们时不时地向朋友吹着"耳边风"，说前面的山路如何艰险，夜，又是多么黑暗，甚至还主动向我们压价："200 元，行了吧……180，坐哦？"朋友不吭声，拉着我的手只管往前走。时不时，有山风吹过，携着夜的寒气，让我们不由自主地裹紧了风衣，但这一切，都没有动摇我们亲自登上山顶的决心。担夫们有些失望地折身向后面的游人招徕生意。

深山里的景色，隐在漆黑的夜色中，除了手电筒照亮的路，四周的风景什么也看不清。这样也好，我们一门心思地往上攀登好了，峰顶的日出，是心中唯一的诱惑。

踩着石阶，蹬着滑石，我们大步流星地往上走。走着走着，身上开始冒汗，想想这样既锻炼了身体，又省下了租棉衣和坐轿子的钱，不由莞尔。

上到青云梯的时候，我们和前面那两对坐轿上山的小情侣擦身而过，之前健步如飞的担夫，此时也放慢了脚步，边走边急促地喘着气。我也同样，只感到腿像灌了铅似的，每迈一步，都异常艰难。越往上走，阶台越陡，我们只好走一段，就坐在台阶上恢复一下体力，然后手脚并用地继续攀爬……

快六点的时候，我和朋友终于站在这座海拔 2216 米的中原第一峰。此时，东方已出现了彤红的霞光。眼前的天空，仿佛是一组组灯影，千变万幻，时有佛光奇景，时有骏马奔腾、天狗飞跃……那些红云在东方慢慢升高，渐渐地，佛光奇景、骏马天狗都隐入天际，接着是一个火球，从红云后面升起，越来越大、越来越亮，周围的山野风景也越来越清晰，色彩越来越鲜亮……

转身看到，那对坐轿上山的小情侣正满脸兴奋地用手机拍摄日出的景致。山上的风比下面还猛，他们把棉大衣的扣子全部扣紧了，而攀登中流的汗水，早已浸透了我风衣的后背，我不觉得冷。相反，这风吹在身上让我感到格外舒爽。

突然觉得人生就像一场攀登，有人是花了钱被抬上山顶的，有的人却是一步一个脚印踏踏实实自己走上来的。虽然前者和后者能站上同样的高度欣赏日出的壮美，却远不如后者品味到山峰拂去所有艰辛和汗水带来的幸福滋味。正如《平凡的世界》中主人公孙少平的感悟："自己经过千难万苦酿造出来的生活之蜜，肯定比轻而易举拿来的更有滋味。"

两个人同时去登山，一个走着去，一个坐车去，到达以后，两个人的心境是不一样的，收获也是不一样的。我始终觉得有些事情是不能偷懒的，需要我们自己去经历，去体会。

生命的精彩之路

李凯成

既然选择了远方，便只顾风雨兼程。

——汪国真

在回家的火车上，我与邻座的哥们儿一见投缘，于是天南海北地聊了许多。

后来聊到职业的时候，我忍不住叹息，毕业后我找了份不太喜欢的工作，虽然每天早出晚归，但总是心不在焉，浑浑噩噩。他笑着说，那你为什么非要走这条主干道呢？选择一条自己喜欢的支路，说不定会找到人生的新方向呢。

我疑惑地看着他。

他望着窗外，深叹一口气，然后转过身来对我说，我的职业是自由撰稿人，整天漂泊在外，无忧无虑。说着，脸上露出欣喜的笑容。接着他告诉我，其实开始他选择的是当网站站长，想利用网站来赚钱，可是网站建立起数月后不见收益，于是又开始研究网络营销。后发现网络营销过于复杂，于是就放弃了网络营销，专攻搜索引擎优化。而搜索引擎优化最基本的就是网站文章必须原创，而且要每天更新。清楚自己的文字功底，就开始大量的阅读与写作，时间久了，就慢慢地爱上了它，后来又遇见一名师指点，被老师的教学与文字魅力所折服，就淡忘了最初的目标，全身心地投入到写作中去了。

他说，如果那时通往站长的路是主干道，那么网络营销、搜索引擎优化、写作就是它的分支路，你的职业并非一定要走你原先制定的主干道才能成功，或许走支路你会得到更大的成功。

听完他的一席话我顿时大悟，何必在我原先不喜欢的主干道上辛苦奔波呢？试着选择几条支路走走，说不定会有意外收获，能找到新的人生目标，走出新的成功之路呢。

生命像一棵树的生长，生命开始在树干的主干道上行走，我们一生在向上前进，但不一定会一直沿着预定好的主干道行走，中途当你找到旁边那片你喜欢的叶子时，那便是你生命中的另一条精彩之路。

我经常觉得自己走错路了，那条一直想去走的路，被自己固执地放弃了。我们总是那么顺从，别人说这条路好，然后我们就拼命地去蹚这条路。后来，就越来越累了。

你能出去跑跑吗

雪 原

人的生命应该是丰盛而有缺陷的，缺陷是灵魂的出口。

——安妮宝贝

8 岁那年的一个清晨，她一路欢喜向学校走去。过一个岔道口的时候，一辆飞驰的大货车将她蹭倒，并从她的左腿上碾轧了过去。

从昏迷中醒来，得知左腿截肢的消息，带着恐惧的哭声弥漫了整个病房。爸妈拥抱着她一起痛哭。见此，懂事的她立刻停止了哭泣，用手擦着父母脸上的泪水说："没事，没了左腿，我还有右腿。"

为了更好地康复，爸爸妈妈陪她辗转聊城、济南、北京等地的医院治疗，几个月后，她的病情终于稳定。但从此，多了一个如影随形的伙伴——拐杖。康复后的她重返校园，她不让爸妈接送，坚持自己拄拐上学。

从小学到中学，她取得了一个个优异成绩，在老师和同学眼中，她是优秀的代名词，背后的艰辛却只有她自己知道。高中时，学习压力特别大，加上身体的缺陷，她曾一度失落，但都挺了过来。"人生路上不一定都是赞美，但自己一定要一直向上"，这是她后来的感悟。

命运给了她苦难，也眷顾了她的勤奋和坚持。高考时，她以年级第一名的成绩被聊城大学数字媒体艺术专业录取。开学报到的那天，爸爸给了她 5000 元学费。她知道这是爸妈从还没还完的欠债里匀出来的。

进入大学后，她努力学习。大一时，她获得国家奖学金 8000 元。此后四年，她没有再要爸妈一分钱。毕业时，她被评为优秀毕业生，并获得 6000 元奖励，给大学生活画上了一个美丽的句号。

毕业后，她在一家婚庆公司找到一份设计工作。工作很轻松，有些闲适，她觉得这个工作挑战性不够，过于安逸。

一次，她参加一个行业交流会。会上，在聊城某公司的郭先生与她闲聊。通过交流，郭先生觉得她虽然失去了左腿，但充满了生命的活力。

郭先生说，你能出去跑跑吗？

这让她十分震撼，自从她 8 岁失去左腿，从没有人这样说过。但是，她感到，这就是她想要的挑战，想要的工作。

她毅然辞掉了婚庆公司的工作，跳槽，转型。

瞒着家人，她开始新工作。先从跑业务开始。第一个客户是一家蛋糕房，她不好意思开口推销产品，就先买了两块蛋糕。

不跟人交流怎么做业务呢？几番犹豫后，她亮身份、讲产品，在全然不了解对方的情况下干巴巴地讲了起来，结果以失败告终。

但她毫不气馁，她依然坚持每天出去“跑业务”。她虚心请教同事，认真总结经验，刻苦学习销售知识。

日积月累，她总结出了自己的销售秘笈：攻心销售。就是想客户所想，真诚地帮对方解决问题。利用这个法宝，她很快成为公司的销售能手。今年年初，她成了公司的股东。

这个拄着双拐向命运抗争的女孩叫曹语宸。

人生路漫漫，不如意之事每个人都会遇到。但只要勇敢地从苦难中站起来，即使只有一条腿，也能跑出精彩的人生。

精彩的人生不是用腿跑出来的，靠的是坚强的意志、勇敢的内心、对生活狂热执着的追求。

生命不止一个模式

高宗飘逸

生命，那是自然会给人类去雕琢的宝石。

——诺贝尔

生命这个几何体，自有它的长度、宽度和高度。我们从小接受“延伸生命长度，拓展生命宽度”的教育，许多人便认为生命只此一次，要么寿命尽量长，要么在某个领域有所建树，要么考取功名或积累财富，认为只有这样才能将这个几何体极力扩张，生命才能真正展示出它的实力，人生才不虚此行。

我的一位记者朋友，曾在一家报社实习，他最初采写的稿子动不动就要与大形势挂钩，与中央文件产生联想，再或者弄个民族精神出来。似乎只有这样，稿子才提得上档次，够得上深刻。记得有一次报社派他去采访一位见义勇为者，他问道：“当您看到有人遭遇危险时，是什么驱使你上前与歹徒搏斗的？”见义勇为者淡淡地说了一句：“我当时什么也没想。”他觉得这个答案太平淡，还想挖掘出见义勇为者内心和思想上更高更深的东西，于是继续追问：“您当时就没有想到您受国家教育这么多年，在这个和谐社会不容许有危害社会的事件发生，与坏人坏事作斗争是每个公民义不容辞的责任吗？”见义勇为者听后，淡淡一笑，说：“当时根本顾不上想这些，只想马上去阻拦歹徒做坏事，不叫好人受欺负。”

朋友很苦恼，跑来向我诉苦，说这样的采访稿怎能写出深度来呢？我听后说道：“这就是普通的老百姓，虽然没有过多华丽的言辞，更没有多么高深的理论，但他们却用切实行动把见义勇为的风格发扬得更加深远，你能说他们的灵魂没有高度，思想没有深度吗？”

其实生命不止一个模式，不是只有走上金字塔顶端才有高度，也不是只有越过大江大河才有宽度。生命这个几何体，并非体积越庞大就越有意义。假如一个生命体硕大无比，内部却充满了肿瘤，最终只能溃烂瓦解，留下一摊泥水。一粒金沙，一块玉石，体积虽小，却千年不腐。就像思想单纯的见义勇为者，他的生命平凡而简单，从不刻意追求什么高大上，可是他的生命却闪烁着黄金和钻石般的光泽。

我们无法丈量生命的长度和宽度，就像我们无法得知大海里有几滴水，尊重以任何方式存在的生命，这是生命存在最基本的特征。